Coşkun EROL

MİLAT

Coşkun EROL

MYTHOS KİTAP – 49785
ISBN: 978-625-8208-39-9

KAPAK : ASLIHAN AKBULUT SAYFA DÜZENİ : NADİDE SILA DEMİRCAN GÖRSELLER : WWW.FREEPIK.COM	Y'OL KURUMSAL HİZMETLER SAN. VE TİC. LTD. ŞTİ. HASAN MEVSUF SOKAK AYDIN APT. NO:2 K:4 ÇANAKKALE 0 850 244 17 02 *www.yolakademiyayinevi.com*

KADIN°CA

MYTHOS KİTAP

BU ESERİN YAYIN HAKLARI SAKLIDIR. YAYINEVİNİN YAZILI İZNİ ALINMADAN KISMEN VEYA TAMAMEN ALINTI YAPILAMAZ, HİÇBİR ŞEKİLDE KOPYA EDİLEMEZ, ÇOĞALTILAMAZ VE YAYIMLANAMAZ.

Edebiyat ve yazın alanındaki tecrübesiyle kitabın oluşum sürecinde desteğini esirgemeyen yazar arkadaşım A. Halim AYDOĞAN'a, ilk okurum olan ve beni daima cesaretlendiren sevgili eşim Melek M. EROL'a sonsuz teşekkürler.

COŞKUN EROL

1994 İnebolu doğumlu. Celal Bayar Üniversitesi Türkçe Öğretmenliği bölümü 2016 mezunu. Mezun olduktan sonra bir yıl "Suriyeli Öğrencilerin Türk Eğitim Sistemine Entegrasyonu" isimli projede görev aldı. 2017 yılı itibariyle Milli Eğitim Bakanlığı bünyesinde başladığı Türkçe Öğretmenliği görevini halen sürdürüyor. Bunun yanında değişik türlerde eserler kaleme alarak edebiyat dünyasına katkı sağlamaya devam ediyor.

- Psikolojik roman türündeki ilk eseri olan "**CANHIRAŞ**"ı yayımlandı. (Haziran 2021)
- BİGA İlçe Milli Eğitim Müdürlüğü tarafından planlanan ve **Milli Eğitim Bakanlığı** tarafından uygun bulunarak **TÜRKİYE GENELİ** düzenlenen "Pandemide Öğretmen Olmak" konulu anı yarışmasında "MİLAT" isimli eseriyle **Türkiye Birincisi** oldu. (Aralık 2021)
- Öykü-Anı türündeki eseri olan **MİLAT**"ı yayımlandı. (Aralık 2022)

İçindekiler

GİRİŞ 8
KİLİS 9
TOPRAK SAC 25
GÜVERCİN 31
KÖPEK 37
MİLAT 42
TÜRKÇE 47
MODERN YÖRÜK 54
KIŞ 57
MEVSİMLİK İŞÇİLER 63
YAĞMUR 66
NEYSE Kİ 68
NE YAPAR? 72

ÖNSÖZ

Yüzyıllar boyunca simyacıların en büyük gayesi maddeleri altına çevirebilmek ve ölüme çare bulabilmekti. Simyacı değildim ama aradığım bundan daha azı da değildi. Söyleyecek çok sözüm vardı, sınırlıydı nefesim... Yaşayacak az zamanım vardı, yaşanacak çok şeyim... Kalemle münasebet kurdukça, parmaklarımın arasında dizginlerinden kurtulan bir kısrak gibi coştuğunu, şahlandığını ve en önemlisi de canlandığını gördükçe zamanı altına çevirdiğim hatta ölümsüzlüğe çare bulduğum hissiyatına kapıldım. Asırlarca sorulan sorunun cevabı, bu hastalığın şifası sadece bir kalemdi.

Kaç kartal ömrünce yaşarım kestirmek zor ama şimdiden Lokman Hekim'in kanı dolaşıyor damarlarımda.

Her cümlede daha güçlü, daha canlı, daha ölümsüz...

Âvâzeyi bu 'âleme Dâvûd gibi sal
Bâkî kalan bu kubbede bir hoş sadâ imiş

BÂKİ

GİRİŞ

Şu an okumakta olduğunuz kitabı bir kalıba sokmak benim için oldukça zor. Öykü olarak da nitelendirilebilir anı olarak da. Muhteva ettiği metinler yaşanmışlıklardan hareketle oluşturulmuş olsa da tam manasıyla gerçeğin kendisidir diyemem. Bu açıdan bakıldığında biraz öykü biraz anı diyebileceğimiz, bir öğretmenin meslek hayatının ilk yedi yılındaki yaşanmışlıklarını, gizemlerini, yer yer duygularını en genel mânâda ise tecrübelerini bulabileceğiniz bir eser. Bir *"Anadolu Öğretmen Kitabı"* İstanbul'dan Kilis'e oradan Şırnak'a uzanan bir yolculukta görev yaptığım sekiz farklı okulun getirdikleri. Heybemde birikenler...

Böyle bir kitap yazmaya mesleğimin ilk günlerinden beri niyetli olsam da eseri meydana getiren yaşantıların gerçekleşmesi, bu olayların zihnimde edebi bir hale evrilmesi ve en önemlisi de şu ana kadar bana mahsus kalan bu hatıraları paylaşabilme cesaretimin olgunlaşması ancak mümkün olabildi.

Henüz kısa sayılabilecek meslek hayatımda zihnime ve kalbime yer eden olayların bir panoraması sayılabilecek bu esere ilk görev yerimden bahsederek başlamanın en doğru hareket olacağı kanaatindeyim.

KİLİS

İlk görev yerim Kilis'ti. "Suriyeli Öğrencilerin Türk Eğitim Sistemine Entegrasyonu" isimli projede görev alarak başladım öğretmenliğe. Garson olarak çalışmakta olduğum sırada gelen bir haberle Antalya'da düzenlenecek olan bir seminere davet edildim. On günü aşkın süren bu seminerde Suriyeliler, Suriyeli öğrenciler ve Yabancılara Türkçe Öğretimi konusunda birçok sunum yapıldı. Ancak yine de yıllardır ülkemizde yaşayan bu insanlar, sahaya indiğim ilk güne kadar bir gizemden ibaret olarak kaldı.

Proje henüz başladığı için Türkiye'nin birçok ilinde görev yapacak olan meslektaşlarım oradaydı. Çoğunluğu Kilis, Gaziantep, Kahramanmaraş, Hatay, Şanlıurfa, Mardin gibi güney illerine gidecek olsalar da İstanbul, İzmir, Kocaeli gibi illere atananlar da vardı.

Bu ilk gözlemim dahi Suriyelilerin ülkemizdeki varlıkları ve dağılımlarıyla ilgili çıkarımlarda bulunmamı sağladı. Onlar gerçekten kalabalıktı ve ülkemizin tamamına yayılmışlardı.

Seminerin ardından 15 Aralık 2016 günü Antalya'dan Kilis'e geçtik. Haberlerden duyduklarımın ötesinde Kilis'le ilgili pek bir şey bilmiyordum. Danışıp fikir aldığım kişilerse "Antep/Kilis mi?" deyip Antep odaklı birkaç cümle kurabiliyorlardı. Bu algının sebebini ancak gittiğimde anlayabildim. Kilis, Antep'ten ayrılmış ve sonradan il olmuş küçük bir yerdi. Türkiye'deki tek sınırı da yine Antep'ten ibaret olunca onun gölgesinde kalmış, ayrılsa da pek ayrı görülemeyerek bu büyük ille birlikte anılmaya devam etmişti.

Suriye'den atılan bombalar ve Suriyeli nüfusun çokluğuyla ilgili çıkan haberler dışında pek duymadığım bu yer, ondan sonraki hayatıma bir mihenk taşı oldu. Meslek hayatımla ilgili her söze oradan başlıyor, orada edindiğim tecrübelerden her alanda faydalanıyorum.

Kilis, iki farklı dünyadan oluşuyor. Şehir, birbiriyle pek ilgisi olmayan geleneksel ve çağdaş olarak sınıflandırılabilecek iki farklı bölgeden meydana geliyor. 7 Aralık Üniversitesi'nin bulunduğu kısım öğrenci ve memurların yaşadığı ve genelde eşyalı küçük dairelerin bulunduğu *"çağdaş"* tarafıydı. Burada kalanlar bir şekilde memur ya da öğrenciydi ve büyük bir çoğunluğu dışarıdan (iş için) gelenlerden oluşuyordu. Benim gibi. Açılan kafeler, sosyal tesisler ve yolun bir kısmının ulaşıma kapatılıp boydan boya yürüyebileceğiniz bir parka dönüştürülmesi gibi bazı gelişmeler de çağdaş olarak sıfatlandırdığımız bu bölgenin gelecekte de bu özelliğini korumaya devam edeceğini gösteriyor.

Madalyonun bir de öteki yüzü vardı. Hareketli bir çarşısı olan eski binalardan, dar sokaklardan oluşan diğer Kilis... Her yer Suriyelilerin açtığı küçüklü büyüklü işletmelerle dolu. Her birinin önünde Arapça tabelalar asılı. Yani amaç Türkiye'de de olsalar çoğunluk olan Suriyeli insanlara hitap edebilmek. Onların açtıkları dükkânlar çoğunlukta. Her alanda çalışıyorlar, her işe el atmışlar. Sokaktan çevirdiğiniz herhangi birinin Türk olma ve Türkçe konuşma ihtimali Suriyeli olma ihtimaline göre oldukça düşük.

Satılan ürünlerden, burnunuza gelen değişik, yoğun ve karışık baharat kokularından, Arap Harfleriyle yazılmış tabelalardan ve peçeli kadınlardan anlıyorsunuz ki bu eski sınır şehri göçten epey etkilenmiş. İlk defa orada gördüğüm türlü renklere sahip değişik koku ve şekillerde cipsler, mayoneze benzer ama kesinlikle mayonez olmayan yoğurt benzeri bir sos ve kimyonu andıran bir baharat katılarak yapılan dönerler, kapıların önlerine serilen örtünün üstünde ya da bir çitenin içinde satılan ekmekler...

Üniversite tarafından çarşıya doğru yapılan her yürüyüş, aynı şehrin yakın iki mahallesi arasında olmanın ötesine geçer; değişik kültürlerin yaşandığı farklı il hatta ülkeler arası yapılan bir seyahat intibası yaratırdı.

Bir adres sormak gerektiğinde "sağ kol git, sol kol dön" gibi yarım yamalak bir Türkçe ve nereden bahsettiği tam anlaşılmayan tariflerle karşılaşırdık. Çarşısında alışveriş yapacak olsak Arapça bir iki cümleden sonra işimizi göremeden çıkar, bir Türk dükkânı, en azından Türkçe konuşabileceğimiz bir yer bulmaya çalışırdık. Gözlerimiz tabelalarda, kulaklarımız aşina bir sesin peşinde dolanır dururduk. Türkçe bağıran bir pazarcı bulabilmek epey güç olsa da Türk olup Arapça bağıranlar hemen fark edilir, bizi kendilerine doğru çekerdi.

Gelen göçlerle nüfusu birden fırlayan Kilis, epey kalabalık bir yere dönüşmüş. Doğuştan tüccar olan Araplar her işe el atmışlar. Onların varlığı Kilis ekonomisini epey hareketlendirmiş. Göçle birlikte yeni evler yapılmış, inşaatlar artmış, yeni dükkânlar ve iş yerleri kurulmuş. Memleketlerinde dükkânlarını bırakıp gelen zanaat sahipleri, girdikleri işlerde hep daha uyguna çalışarak rekabeti artırmış. Türk esnafı para kazanamaz hale gelmiş.

En basit bir örnek olarak sanayiye gidip küçük bir kaporta işi yaptıracak olsak Türk ustaların verdiği fiyatla Suriyeli ustaların istediği para arasında yarı yarıya fark var. Paramızın onlara göre değeri midir yoksa bir şekilde piyasaya dâhil olma çabası mı bilinmez ama ne olursa olsun fiyatların düşmesine -belki iş kalitesinin de- sebep olmuşlar.

Kilis'e gittiğimizde Fırat Kalkanı harekâtı bitmiş, Kilis büyük oranda güvene kavuşmuştu. Sınırın karşısından gelen bombaların yağmur olup yağdığı zamanlar artık geride kalmıştı.

Suriye iç savaşı beraberinde yaşanan gelişmeler ve özellikle Fırat Kalkanı harekâtından önce kaçakçılığın yoğun olduğu bir yermiş Kilis. Bir ayağını mayında kaybeden ve bu halleriyle bir savaş mağdurunu andıran kaçakçılık gazilerinin sayısı hiç az değil.

Kilis'in kendisi gibi üç küçük ilçesi vardır. Elbeyli, Musabeyli ve Polateli... Üçünde de memurların ikamet edebileceği kadar ev ve imkân olmadığı için hangisinde görevli olursa olsun çalışanların ikamet yeri Kilis merkezdir.

Benim görev yaptığım yer Elbeyli'ye bağlı *"Geçici Barınma Merkezi"*ydi. Böyle deyince aklınıza içinde birkaç çadır olan küçük bir yerleşim yeri gelmesin. Orası Türkiye'nin en büyük kamplarından biriydi. Yaklaşık otuz bin Suriyelinin barındığı içinde birçok sosyal tesisi olan, bir Vali Yardımcısının bizzat görev yaptığı tamamen konteynırdan oluşan küçük bir şehir.

Farklı ülkelerden gönderilmiş yüzlerce prefabrik yapı. Gönderildikleri ülkelere göre kalite ve genişlikleri değişiklik gösteren, bloklarla ayrılmış konteynır siteleri... Okul, hastane, Kızılay binası, Halk Eğitim Merkezi yani gerekli olan her türlü kurumuyla bağlı olduğu ilçeden çok daha büyük ve kalabalık bir yaşam alanı. Burası içerisinde pazarı dahi bulunan ve hareketli denilebilecek bir günlük hayata sahip bir merkez.

Kampta kalan insanların çoğu Kilis, Elbeyli yahut çevredeki yakın köylerde çalışırdı. Bize özel çıkarılan kimliklerle kampa giriş çıkış yapıyorduk. Bu sırada 45 derece sıcağa karşı tüm bedenlerini özellikle de gözlerine varana kadar tüm kafalarını kat kat sarmış olan kadınlı erkekli gruplar, ellerinde poşet ve çuvallarla içeri girmek için uzunca bir kuyruk haline gelen sırada bekliyor olurdu. Kimi zaman ise kamptan çıkar, dışarıda bekleyen 15 kişilik bir araca 25 30 kişi binmeye çalışırlardı. Balık istifi bir yolculuktan sonra artık ne mevsimiyse biber, karpuz, salatalık, onu toplamaya giderlerdi. Başlarında bir çavuşla oradan oraya sürüklenen bir insan sürüsü...

Ekonomik durumu iyi olan yahut bir zanaatı olan çalışıp kazanabilecek imkâna sahip kişiler zaten kampta kalmazdı. Onlar çoktan işlerini kurmuş savaşın sarı tozunu omuzlarından yavaş yavaş silkelemeye başlamışlardı. Birçoğu Kilis merkezine taşınmış orada yaşıyordu.

"Suriyeli" sözü kullanılarak hepsi aynı kefeye koyulur. Genel itibariyle de gariban, fakir, savaş mağduru; sosyoekonomik durumu, hayat şartları hep düşük olan insanlar olarak görülür. Aslına bakarsanız bu "Suriyeli" kavramı oradan gelen insanların coğrafyası dışında başka bir bilgi vermez. Bu kavram merkezinde diğer açılardan yapılan tüm genellemeler son derece yetersiz ve yanlıştır.

İçlerinde Suriye toplumunun –Arap demiyorum- her kesiminden insan bulunan çok geniş bir örneklem... Birbirlerinden çok farklı sosyoekonomik imkânlara, kültürel ve bilimsel birikime sahip değişik yaşam koşullarından gelen insanlardı.

Birçokları için Kilis hatta bu kamp yeni doğan bir gün, umut, gelecek hatta bir kurtuluş demek olsa da bazılarının gözünde ne Kilis vardır ne Türkiye. Küçük birkaç resmi işlem ve ardından Almanya, İngiltere, Avusturya, İsviçre gibi ülkelere yapılıp derhal onaylanan sığınma talepleri... Nitelikli bir göç. Para ve beyin göçü... Bu dönemde Suriye'den batıya büyük bir beyin göçünün olduğunu, mülteci kabul ediyoruz diyen nicelerinin bu nitelikli göçler vesilesiyle bir savaş durumunda dahi rant elde edip işin kaymağını alma yoluna gittiklerini görmemek için kör, bunu inkâr etmek için aptal olmak gerekir.

Türkiye'deki birçok üniversitenin kapısından çevrilen ya da uzun süreçlere yayılan kabul işlemlerinin sonuçlanmasını beklerken Almanya, Hollanda gibi Avrupa ülkelerinden davet alıp giden bilim adamlarının, profesörlerin, öğretim görevlilerinin varlığını bilmek çok üzücü. Bu işe ne kadar yanlış yaklaştığımızın, onu ne kadar yanlış yorumladığımızın en açık kanıtı Türkiye üzerinden batıya akan bu beyin göçüdür. Elimize gelen fırsatı değerlendirebilseydik memleketimizdeki mültecilerin niteliği ve dolayısıyla da insanların onlarla ilgili algısı en baştan itibaren çok farklı olabilirdi.

İmkânları dâhilinde sırasıyla Avrupa ülkelerine, Türkiye'nin; İstanbul, İzmir, Adana, Mersin gibi büyük illerine; durumu biraz daha kötü olanlar Kahramanmaraş, Hatay, Gaziantep, Şanlıurfa, Kilis merkezlerine; maddi açıdan bir şehre taşınmasına ve hayatını sürdürebilmesine yetecek imkânı olmayanlar ise Elbeyli, Öncüpınar, Suruç ve Türkiye'nin çeşitli yerlerinde kurulan benzer sığınma merkezlerine yerleşmişlerdi. Hepsini aynı sandığımız bu insanların, doğudan batıya doğru olan dağılımları ve sosyoekonomik durumları arasındaki ilişkiyle alakalı bir çalışma ve belki bir grafik hazırlansa, batıya gidebilme ile maddi ve kültürel durum arasında mutlak bir doğru orantı olacağından hiçbir şüphem yok.

Ne olursa olsun hepsinin kendine has bir öyküsü, türlü yaşanmışlıkları, geçmişlerine, evlerine, yurtlarına duydukları özlemleri vardı. Oradaki hayatlarını bırakıp *"Sınırda Türkler sizi kazığa oturtur. Türkler istilacıdır, Suriye'yi işgal etmek istiyor"* gibi propagandalara rağmen kaçıp gelmişlerdi. Suriye'de onlara anlatılan Türkiye ile gördükleri, yaşadıkları Türkiye arasındaki fark onları rahatlatmış, aşılanan korkunun ortadan kalkması da göçü hızlandırmıştı.

Suriyeli sözü her birini aynı sınıfa koysa da göç edenlerin içinde Araplar yalnız değildi. Sayısız savaş, sayısız şehit, elden giden sayısız toprak, ortaya çıkan sayısız devlet ve çizilen sayısız sınır... Koskoca bir imparatorluğun çatısı altında bir olup o çatı yıkıldığında farklı farklı yerlerde yaşamaya mecbur kalan insanlar, böyle zamanlarda Osmanlının gölgesinin düştüğü her yerden çıkıp geliyorlar. Unutulmaya yüz tutan yakın tarihten bir zaman yolcusu olup hatırlatıyorlar kendilerini. *"Türkmen"* diye adlandırılan Türkler de bu kervanın içinde büyük bir yer tutuyor. Sahi, neyse bu Türkmen! Onlar da senin benim gibi Türk değiller mi? Türkiye'ye gelememiş, çizilen sınırın öte tarafında kalmış, oralardan kopamamış insanlar. Suriye'de, sınırın diğer tarafında yaşayan ve bin yıllık ata toprağını hâlâ bekleyen Türkler, Şimdi ana vatanlarına mülteci olarak geliyorlar. Biz nasıl olur da evin sahiplerinden sayılabilecek bu insanlara kapıyı kaparız. Kimliklerinde farklı devletler farklı bayraklar olsa da gönüllerde dalgalanan bayrak çokları için aynı değil mi?

Eğitim açısından bakacak olursak bizim muhatap olduğumuz kesim, genel itibariyle savaşın hemen başında gelen ailelerin Türkiye'de doğan çocuklarıydı. Suriye'de doğanlar da savaşı hatırlayamayacak kadar küçükmüş zaten. Bunlar dünyaya gözlerini savaşla açmış ve belki de savaşsız bir ortamı, tehlikesiz rahat bir yaşamı tahayyül dahi edemeyen çocuklar. Ne ailelerinin savaştan önceki hallerini biliyorlar ne memleketlerini, köylerini ne de evlerini... Bilmemeleri de iyi bence. Sonuçta insan ne kadar çok bilirse o kadar çok acı çekiyor.

Zaten orada doğup oraya dair bir şeyler taşıyanlar, geçmişe dönük özlemleri, geleceğe dönük beklentileri olan bu insanlar göçten daha fazla etkileniyor ve uyum sorunları yaşıyorlardı. Türkiye'de doğanların durumu onlara kıyasla çok daha iyiydi. Ve bu onların uyum sağlama becerileri, hayata bakış açıları gibi birçok alanda belirleyici farklar yaratan bir durumdu.

Türkiye ve Suriye'nin eğitim anlayışları birbirinden oldukça farklıdır. Türkiye'de yapılandırmacı yani öğrencinin merkeze alındığı bir eğitim anlayışı hâkimken Suriye eğitimi sistematik anlayışa göre şekillenir. Öğrencilerin dil (Türkçe) bilmedikleri de hesaba katıldığında eğitim anlamında hem sistem hem yöntem hem de dil eksikliğinin ortaya çıkardığı birçok zorluk vardı. Bizim görevimiz tüm zorluklara rağmen öğrencilere nitelikli bir eğitim verebilmek ve onları Türk eğitim sistemine yani herhangi bir Türk okulunda Türk öğrencilerle birlikte ders görebilmeye hazır hale getirmekti. Zor da olsa bu amaç için görevlendirilmiş kişiler bizlerdik.

Okullar ilk olarak GEM *(Geçici Eğitim Merkezi)* olarak isimlendiriliyordu. Bunlar süreç içerisinde kademe kademe Türk okuluna dönüşmeye ve Türk eğitim sistemine geçmeye başladılar. Şu an neredeyse tüm GEM'ler Türk Eğitim Sistemi'ne uygun olarak hizmet vermeye başladı. Bu işte emeği olan birisi olarak elbette gurur duyuyorum.

Türkçeyi hiç bilmeyen öğrencilerin olduğu sınıflarda Türkçe türküler söylenmeye, şiirler ve metinler okunmaya başlandığında bir öğretmen başka ne hissedebilir.

Henüz Türk Eğitim Sistemine tam olarak geçilemediği için ilk başlarda karma eğitim uygulanmıyordu. Okulların sabahçı öğlenci yapısı fırsat bilinerek bu uygulamaya uyarlanmıştı. Kız öğrenciler sabah, erkek öğrenciler ise öğlenden sonra okula geliyordu. Lakin öğretmenler arasında böyle bir ayrım söz konusu değildi. En azından Türk öğretmenler... En azından diyorum çünkü Suriyeli öğretmenler arasında bu düzen bizdekinden oldukça farklı işliyordu.

İlk başlarda sınıflar son derece kalabalıktı. Kampta otuz bin kişinin barındığı ve ailelerdeki çocuk sayılarının fazlalığı hesaba katılınca bu durum normal görünse de yeni okulların ve dersliklerin açılmasını mecbur kılmıştı. Yeni binalar tamamlanıp kullanılmaya başlandığında mevcutlar azaldı. Öğretmenler de öğrenciler de ancak o zaman rahat etti.

Okullarda iki farklı idare vardı. Biri Türk idare ki bu okulun gerçek müdürü ve müdür yardımcısından oluşur. Okulun resmi işlerini ve yönetimini idare edenler onlardır. Öteki ise Arap idare... Onlar genel itibariyle Türk idareye yardım etmek, okuldaki disiplini sağlamak, veli, öğrenci ve idare arasında köprü olmak gibi görevler üstlenmişti. Resmi bir vasıfları var mıydı bilmiyorum ama gördüğüm kadarıyla işleyişe destek olan bir yapıydı.

Suriyeli öğretmenler konusuna gelmişken söylemeden geçmeyelim. Bu insanların birçoğu hatta geneli öğretmen değildi. Avukat, ziraatçı, mütercim ya da şu an aklıma gelmeyen başka bir mesleğe sahipken burada öğretmen olarak görev yapmaya başlamışlardı. Üstelik ücretsiz olarak... Suriyeliler yeni yeni gelmeye başladıkları ve eğitimin henüz tam bir düzene oturtulamadığı zamanlarda maaş almadan karşılıksız olarak çalışmayı kabul etmiş insanlar... O dönem sistem tam anlamıyla oturmadığı için Suriyeli Öğretmen diye bir meslek ve bu isimde bir ödeme kalemi de yoktu. İşe başlandığında okullarda Arapça bilen ve öğrencilerin dilinden daha iyi anlayacak öğretmenlerin eksikliği fark edildi. Ortaya çıkan ihtiyaçla önce Suriyeli ve mesleği gerçekten öğretmen olan kişilere gidilmiş, onlar *"Ücretsiz çalışmayı kabul etmeyiz"* deyince de mecburen istekli ama gerçek mesleği öğretmenlik olmayan bu eğitim gönüllüsü insanlarla yola devam edilmişti.

Neyse ki kısa bir süre sonra maaşları bağlandı. Sonra koltuğunun altına bir diploma sıkıştıran herkes okula gelir oldu. *"Biz öğretmeniz, bunlar öğretmen değil. Bizim çalışmamız lazım. Haksızlık yapıyorsunuz"* gibi sözlerle bağırıp dururlardı. Üstelik bu bağıranların çoğu önceden ücretsiz diye okula gelmeyi reddetmiş kişilerdi. Tabi kimse işinden çıkartılmadı. Yola kimlerle çıkıldıysa onlarla devam edildi. Her şey düzene girip okul, sınıf ve öğrenci sayıları artınca yeni Suriyeli öğretmenler işe alınsa da ücretsiz çalışmayı göze alarak okula gelen kadrodan kimseye dokunulmadı.

Lakin gördük ki insan, her yerde insan... İçinde taşıdığı sevgi, merhamet gibi duyguların yanında öfke, kıskançlık, kin gibi duygular da evrensel, kalıcı ve kuvvetli. İçimizde taşıdığımız nefis, kriz anlarında ve büyük sıkıntılarda bir yerlere gizlenmiş gibi görünse de ilk fırsatta çıkıveriyor ortaya. Sırf bu işe kabul edilme konusunda bile birbirini çekememe ve kıskançlığın neden olduğu bir sürü olay yaşanmıştı.

Suriye'nin bir yerinden, aynı köyden çıkıp gelen, geçmişte birbirini tanıdığı gibi burada da komşu olan birçok insan; birbirine hasım olmuş, kavga gürültü eder hale gelmişti. Savaşın ve mağduriyetin getirdiği birlik beraberlik ilk meselede yok olmuş, kavgaları ayırıp araya girmek ise ne olduğundan bile haberi olmayan bizlere düşmüştü.

Sahi, içinden çıktıkları savaş mı yetişme tarzları yahut kültürleri mi bilmem ama şiddet olayları bazen şaşılacak boyutlara ulaşırdı.

Okula gittiğim ilk gün koskoca bahçe açık bir ring gibi gelmişti bana. Nereye baksam "oyun" adı altında birbirlerini tekmeleyen, kavga eden, birbirlerine saldıran çocuklar vardı. Kimin yanına koşsam *"Üstaz müşkilat me fi, me fi müşkilat, bes mizah"* gibi laflar... Alışmakta en çok zorlandığım konulardan biri buydu. Çocuk kavga edecek olsa –oyun değil kavga- yaşları sınıfları fark etmeksizin ilk işleri bellerindeki kemere davranmak olurdu. Gördüğüm sayısız sahne, şu satırları yazdığım sırada gözümün önünde tekrar canlandı. Ne acı bir tabloydu ne kötü bir görüntüydü o öyle... On iki - on üç yaşlarında çocuklar böyle ciddi kavgalara karışmayı, bir kavgada belinden kemer çıkartıp, hasmına vurmayı nasıl hayal ederdi. Bu nasıl olurdu da onların sıradanı olurdu. Anlamanın yolu sanırım her şeyden önce yaşanılan ortamı ve yaşanılanları analiz etmekten geçiyor. Görülenleri, rol model alınanları, takdir edilip sevilenleri...

Oradaki meslek hayatımın anahtar bir sözcüğü vardı. Az önce de bahsi geçen *"müşkilat"* sözü. Onu benim için unutulmaz yapan, okula attığım ilk adımdan oradan çıktığım son güne kadar en çok kullanılan en popüler söz olmasıydı. Bu söz Suriyeliler arasında yaramaz öğrencileri ifade etmek için kullanılıyordu. Kim müşkilat? O müşkilat, bu müşkilat... Kısacası kimsenin dilinden düşmeyen, çocukların durumları gereği de hep kullanılan, kullanmak zorunda kalınan bir sözcüktü. Günlerimiz var müşkilat, yok müşkilat, gel müşkilat, git müşkilat arasında gelir geçerdi.

Orada kaldığım süre içerisinde hem sabahçı hem de öğlenci olarak görev yaptım. Sabahçı olarak görev yaptığım günlerde özellikle kışın kampa varıp okulun kapısını araladığımızda hava henüz tam anlamıyla aydınlanmamış olurdu. Suriyelilerin acı bir kahvesi vardır. Sert bir kahve... Adını hatırlamıyorum ama tadı hâlâ damağımda. Sabahları çay bardaklarının yarısına kadar bu kahveden doldurur içerlerdi. Birkaç kez ikramlarını geri çeviremeyip içmiş olsam da sabahları sert bir kahve fikri bana pek uygun değildi.

Bu yüzden genellikle kahve içmez, demlenmesi ilk teneffüsü bulacak olan çayı beklerdim. Çay dediysek o da bildiğimizin biraz ötesinde Arapların çayı ve bizim yerli çayımız karıştırılarak yapılan acı bir tada sahip yabancı bir içecekti. Ders aralarında küçük çay ocağının olduğu yere gider; iştahlı gözlerle tüten bir duman, çıkan bir buhar arardım. Bazen istediğime kavuşur çayımı alırdım. Bazen ise çalışan Suriyeli ablanın *"Üstaz mey lâ mevcut"* yani *"Hocam su yok"* sözü ile hayal kırıklığına uğrar çıkardım.

Oraya dil (Türkçe) öğretmeye yer yer dile maruz bırakmaya gidenler bizler olsak da kalabalık göçmen nüfusu içinde bulunduğumuz için yabancı bir dile (Arapça) maruz kalanlar yine bizler oluyorduk. Bu yüzden kampta görev yapan öğretmenlerin büyük çoğunluğu Arapça öğrenmiştir, diyebilirim.

Sınıflar gerçekten eğlenceli ortamlardı. Onların anlayabileceği sözcükleri aramak, söylenenin anlaşılmadığını görüp başka yollar denemek, öğrencilerin meraklı gözlere sizi izlemesi... Gerçekten birçok his oraya özeldi. O çocuklara, o gözlere özel.

Ah o gözler, ışıl ışıldı. Alev alev yanardı. O kadar zeki ve yetenekli çocuklar gördüm ve tanıdım ki bundan sonraki meslek hayatımın o günlerin gölgesinde kalmasından korkuyorum.

Aramızda tuhaf bir iletişim oluşmuş, yeni bir dil türemişti. Onlar Türkçe konuşamadan bizi anlıyor, biz Arapça bilmeden onları dinliyorduk. Günden güne iletişimimiz, dostluğumuz ve aramızdaki bağ kuvvetleniyordu. Bir gün *"Ene rohel beyt"* diyen öğrenci ertesi gün *"Ben eve gidiyorum"* demeyi öğreniyordu.

Her birinde ortak olan ne vardı derseniz resim yeteneği derim. Sanki hepsi doğuştan ressam, doğuştan hattat... Onlardan hatıra olarak aldığım birkaç defter hala yanımda. Yeni öğrendikleri bir dili, yeni öğrendikleri bir alfabeyi adeta resim yapar gibi kâğıda aktarıyorlar; tabi sağını solunu süslemeyi de ihmal etmiyorlardı.

Resim konusunda bu kadar iddialı konuşmam boşa değil. Kampın girişinde Arap bir ressam tarafından yapılmış oldukça büyük bir resim var. Bir ağacın altında el ele tutuşmuş bir sürü insanı resmetmiş. Daha kampa girmeden anlaşılıyor burada sanatkâr insanların bulunduğu.

Bir de İbrahim vardı. Zihinsel engelli bir adam... Öğlen araları okulun bahçesinde oturup dinlendiğimiz sırada bildiği tüm Türkçe sözcüklerden karışık bir şeyler oluşturup hepsini sırayla söyleyerek gelirdi. Heybesinde ne varsa dökerdi ortaya. Tabi kafiyeli bir şekilde... *"Coşkun geliyorsun, gidiyorsun, teşekkür ediyorsun, selam veriyorsun"* diye uzayıp giden ve hep bir ritimle söylenen bağlantısız cümleler. Gelir otururdu yanımıza, bir sigara isterdi. Yok dersek gider, var dersek keyfi yerine gelir konuşmaya devam ederdi. Tabi eline bir kâğıt kalem tutuşturacak olsak ortada dil engeli falan kalmazdı.

Parmakları bir ressam parmakları oluverir, kurşun kalemle ne - nasıl çizilebilirse o şekilde çizerdi.

Suriyeliler arasında Türk dizilerine de büyük ilgi vardı. Hele dizilerde Halep, Şam geçiverdiyse heyecanlanırlar; derse girer girmez onu anlatmaya başlarlardı. Kısa, kesik ve Türkçe Arapça karışık cümlelerle... Bir tanesi vardı belki bu satırları da okuyacaktır. Dersleri çok iyi olmasa da sesi gerçekten güzeldi. Teneffüs aralarında bile dibimizde biter bize

İbrahim Tatlıses'in şarkılarını söylerdi. Uzatarak, nâmeli ve duygulu bir biçimde.

Dibimizdeki bir ülkeden en uzun sınır komşumuzdan gelseler de Türkiye'ye yabancıydılar. Tıpkı bizim onlara yabancı olduğumuz gibi... Türkiye'den habersiz bir hayat yaşıyorlardı... Bildikleri de duydukları da bizimle ilgili yapılan kötü bir propagandanın ötesine geçemiyordu.

Real Madrid ve Barcelona formalı çocuklar *"Ronaldo, Messi"* diye bağırarak terliklerini çıkartır buz gibi soğuk betonun üzerinde yalın ayak top oynarlardı. Ne var ki aynı çocuklar Fenerbahçe, Galatasaray, Beşiktaş denildiğinde ilk defa duydukları bu sözcüklere bir anlam veremez boş gözlerle bakarlardı.

Aslında ben de Suriye'den iki tane takım say deseler sayamam. Sanırım burada sorun sadece onlarda değil bizimle de alakalı. Pencereleri birbirine açılan, ortak bir geçmişi olan ve ortak bir geleceğe sahip aynı coğrafyanın çocukları için bu yabancılık gerçekten oldukça düşündürücü ve üzücüydü.

Orada yaklaşık iki sene yaşadım. Bu süre "Barış Pınarı" ve "Zeytindalı" harekâtlarının yapıldığı, Kilis'in nereye düşeceği belli olmayan bombaların tekrardan hedefi olmaya başladığı zamanlarını da içine alıyor.

Mesleğimin ilk yıllarındaki bu deneyimlerim o zamanlar çok zorlanmama sebep olsa da geriye bakıp düşününce kendimi şanslı hissetmeme sebep oluyor.

Elbette bazı tatsızlıklar ve üzücü olaylar da oldu. Sözleşmeli, kadrolu, ücretli, projede görevli, gem bünyesinde görevli diye birbirinden farklı adlandırılan öğretmenlerin oluşturduğu bir kadromuz vardı. Tabi bir de Arap öğretmenler var. Bunca kalabalığın içerisinde tanıdığım için gerçekten mutlu olduğum insanlar olduğu gibi gelene gidene zorluk çıkartmaya çalışan *"Nasılsa kamptayız. Burada olmam bile yeter, kim hesap soracak"* düşüncesiyle çiçeği burnunda öğretmenlere zorluk çıkartan, mobbing uygulayan insanlar da tanıdım. Odasına çağırıp yüzümüze karşı asıp kestikten sonra, odasına çağırdığı süre içerisinde neden derste olmadığımızla ilgili tutanak gönderenleri de gördüm.

İyileri ve kötüleriyle dopdolu yaşanmış ve kitabımda başköşeyi almayı sonuna kadar hak eden kıymetli iki yıldı.

Bu yazıyı okuyup o günleri hatırlayan öğrencilerime, meslektaşlarıma, oralı dostlarıma ve iki yıl evim olan Kilis'e selam olsun.

TOPRAK SAC

"Geçmez hocam!" dedi. *"Dolmuş sabah erken gider akşama ancak döner. Onun dışında başka araç geçmez. Yine de bekle. Geçen başka araç olursa da çekinme, durdur bin. Ancak öyle gidersin."*

Saat on iki civarıydı. Güneşle acı bir oyuna girişmiştik. O, avının üstünde dolaşıp dursa da başka yöne sapıp uzaklaşmayan bir şahin gibi tepemden beni izliyor; bense altında bir av gibi çırpınıp duruyordum. Sonunda gidecek bir yer bulamıyor onun kudretli sıcaklığında erimek üzere olduğumu çaresizlik içinde fark ederek pişmekte olan beynimden bir çözüm üretmesi için medet umuyordum.

Sabah giden aracın dönmesine en az dört saat vardı. Cizre ile Şırnak'ın arasında bir yerdeydim. Bir tali yolun başında... Üç gün önce atandığım yere gitmeye çalışıyordum. Hep ismini duyduğum o iki dağın tam kesiştiği yerde bir araç gelecek umuduyla bekliyordum. Solumda Cudi duruyordu koskoca heybetiyle, sağımdaysa şu meşhur Gabar...

Ağustosun ortalarındaydık. Bu mevsimde buraların yanıp kavrulduğunu söylemeye gerek duymuyorum. Etrafta yeşile dair hiçbir şey yok. Gökyüzüne iki büyük duvar gibi uzanan bu dağların eteğinde, gelip beni götürecek bir araba bekliyordum.

Tek tük araçlar geçiyor ancak ne ben cesaret edip durdurabiliyorum ne de bu araçlar beni alabilecek boş koltuğa sahip. Belli ki benim cesaret edemediğim şeyi deneyen ve başarılı olanlar var. Ve onlar şu an bu koltukları dolduruyor.

Bir kez daha gittim o küçük bakkala, bir su daha aldım. Adam benim gibi acemi memurlara aşina olacak ki *"Korkma hocam."* dedi. *"Bu toprakların insanından zarar gelmez."* Bana da bir sandalye verdi ve bakkalın tentesinin altında bulduğumuz daracık bir gölgeye oturduk.

Biz otururken bir kamyon döndü virajı. Ben böyle bir araçla gitmeyi ihtimal dâhiline tutmadığım için hiçbir hareket göstermesem de yanımdaki adam yolun ortasına atılıp kamyonun önünü çoktan kesmişti bile. Yüzünde büyük bir işi başarmış olanların taşıdığı o gurur ile bana döndü. *"Gel hocam bu araç seni götürecek."*

Koştum, araca bindim. Adam benim gibi misafirlere alışkın olsa gerek hiçbir yabancılık göstermeden konuşmaya başladı. Belli ki arabasına binen ilk yabancı ben değildim. Bu dolmuşlar sabah gidip akşam dönmeye devam ettikleri sürece son da olmayacaktım.

Şoförün ismi Sadık'tı. Bindiğim araç ilçenin askeriyesine su taşıyan bir nakliye kamyonuydu. Yolumuza havanın sıcaklığı, kamyonun yükü, yolun bozukluğu derken uyuşuk bir kaplumbağa gibi devam ediyorduk. On sekiz saatlik uykusuzluğun ardından bulduğum o koltukta bir ara kendimden bile geçmişim.

Gözümü açtığımda araçla birlikte taşın toprağın da hareket ettiğini zannettim. Hareket eden, kaç bin tane olduğunu kestirmenin mümkün olmadığı kalabalık bir koyun sürüsüydü. Hatta keçi, at, köpek... Bu kalabalık, daracık yola dolmuş ve yatağına sığmayan bir nehir gibi yolun sağına soluna taşarak akıp gidiyordu. Durduğumuz yerse başından beri bahsettiğim yeşile hasret bozkırdan ziyade, çölün ortasına kurulmuş bir vahayı andırıyordu. Gayet gölge ve ağaçlarla dolu olan yemyeşil bir vaha...

Sol tarafıma döndüğümde sürüyle ters yönde olmakla birlikte asıl patronun kim olduğunu gösterircesine deli dolu akan nehri gördüm. Dicle'yi... Dicle'nin kenarındaydık. Etrafımız farklı renk ve büyüklükte onlarca çadırla doluydu. Farklı büyüklükteki taşlar kullanılarak yapılmış yaklaşık bir metrelik duvar, duvarların üstünde ağaçlar birbirine bağlanarak yapılmış çatı iskeletleri... En üstteyse saf keçi kılından yapılmış simsiyah keçeler, güneş yanığı örtüler, beyaz branda ve türlü sergiler... Etrafta başıboş gezen kısraklar, sürüyü kollayan heybetli çoban köpekleri, keçi sağan kadınlar, koyunların peşinde sağa sola atlayıp duran küçük çocuklar... Bunları görünce kendimi Yaşar Kemal'in romanlarında Çukurova'ya göçen Yörüklerin ortasında buluverdim.

Seyre daldığım manzaranın etkisinde güneşten korunmak için iyice yaslandığım kapı, aniden açıldı. Düşmemek için bir taraflara tutunmaya çalıştığım sırada, gömleği bağrına kadar açık bir adamın güneşte çok fazla kalmaktan esmerleşmiş yüzüyle karşılaştım. Verimli olduğu için kazma darbeleriyle parçalanan toprakların vefalı bereketi vardı teninde. Gür sakallarının ardına gizlemeye çalıştığı her çizgide, yok olmaya yüz tutmuş "göçerlik" kültürünün derin yaralarını taşıyan bir adam... Bu kadim kültürün insanlarına çatı olan gökyüzü gibi mavi gözleri ve o gözlere çok yakışan derin, manalı bakışlarıyla bir göçer... Beni düşmekten koruma güdüsüyle elini omzuma uzatmış, özür diler gibi bakıyordu. Ben olan bitene henüz bir anlam verememişken "werin hinek bêhna xwa vekin xwa rıhatbıkın" dedi. O şaşkınlıkla söylediği şeyi iyi duyamadığımı düşünerek "Ne?" dedim. Tekrardan aynı cümle geldi. "Werin hinek bêhna xwa vekin xwa rıhatbıkın." Söylediğini gayet iyi duymama rağmen hâlâ bir anlam veremeden boş boş bakıyordum ki durumu fark eden adam derdimin dermanı oldu. Bu kez Türkçe olmakla birlikte yine değişik bir aksanla "Hele gelin biraz soluklanın, dinlenin" dedi.

Adamın beni oralı zannettiği için Kürtçe konuştuğu, ancak boş bakışlarımdan bir şey anlamadığımı görerek şansını bir kere de aynı şeyi Türkçe söyleyerek denediği gayet açıktı. Tam *"Sağ olun yolumuz uzun. Gitmemiz lazım."* diyecektim ki bizim Sadık önce davrandı. Benim bir şey dememe fırsat vermeden arabadan indi.

Çaresiz ben de inip peşi sıra seğirttim. Sürünün arasından güç bela geçip uçmaması için eteklerine taş dolu çuvallar asılan kahverengi keçelerle kapatılmış çadırlardan birinin önüne geldik. Sürü tek vücut olmuş yürüyor, yürüdükçe yayılıyor, rahatlıyordu. Bense bu sarı toz bulutunun içinde her an biraz daha daralıyor, sıkılıyor, küçülüyordum.

Yanları kırık iki sandalye çıktı ortaya. Sandalyelere oturduk. Bizi çağıran adam –Davut- ise yüksekçe bir taşın üstüne kuruldu. Sadık'la Davut anlamadığım bir dilde konuşadursun, ben hâlâ bu manzaranın etkisinde şaşkınlığın yerini alan heyecan ve tuhaf bir huzurla etrafı seyrediyordum. İçi ayran dolu iki bakır bardak getirdiler. O zamana kadar hiç almadığım bir kokuyla dolu olan bu ayrandan biraz içtim. Sadık daha çok susamış olacak ki ayranı diktiği gibi bitirdi ve bardağını uzatıp hiçbir yabancılık belirtisi taşımayan o ses tonuyla *"Su var mı su?"* dedi.

Davut, sanki bu teklifi bekliyormuş gibi fırladı kurulduğu taşın üstünden. Çadırın kenarında duran ağzı açık, mavi, büyük bir bidonu kucakladı. Önce Sadık'ın havada bekleyen boş bardağını ardından da benim içinde hâlâ yarısına kadar ayran olan bardağımı suyla doldurdu.

Bu, belki başka zaman veya başka bir yerde olsa bana garip gelebilirdi. Ancak o an bize verebileceği en kıymetli şey olan misafirperverliğini hiçbir üşengeçlik göstermeden tüm cömertliğiyle gösteren bu adam, benim için saygı duyulması gereken hürmetkâr bir ev sahibinden başkası değildi.

O sırada sürü artık yolu boşaltmış ortadan kaybolmuştu. Sabah gidip akşam dönen meşhur(!) dolmuşun geçişini, kırık sandalyelerimizin üstünde sularımızı yudumlarken seyrettik. Bu, vaktin epey geç olduğunu gösterse de ne ben kalkıp ona yetişmek için bir çaba gösterdim ne de yoldaşım olan Sadık beni ona bindirip göndermek gibi bir girişimde bulundu. Artık ortak bir yaşantısı olan iki arkadaş hatta birlikte bir yere misafir olmanın verdiği samimiyetle abi kardeş gibiydik.

Güneş Dicle'nin üzerine koyu bir kızıllık bırakarak kaybolmaya başladığı sırada dökme demirden yapılan kara bir sacayak, daha önce de ateş yakıldığını gösteren küllerin üzerine kim bilir kaçıncı kez tekrar konuldu. Bize karşı hiçbir çekingenlik göstermeyen anaç bir kadın, göz açıp kapayıncaya kadar ateşi yaktı ve topraktan yapılmış sacı yaktığı ateşin üzerine yerleştirdi. Sadık, tam bu sırada misafirliğin sonuna geldiğimizi ilan edercesine kırık sandalyesinden kalktı.

Daha fazla gecikmeden suları teslim etmesi gereken yol arkadaşımla birlikte hantal kamyonumuza bindik. Kaplumbağa hızımızı koruyarak bu sefer gölge ve oldukça serin bir havada yolculuğumuzu tamamladık. O gün, o toprak sacda pişecek her ne ise yiyemediğim için hâlâ eksiklik hissederim.

GÜVERCİN

İnsanlığın başına bela olan şu hastalık çıktığından beri hiçbir şeyin eski tadı kalmadı. Neresinden tutarsak tutalım kırılıp elimizde kalacak tuhaf bir hayat yaşıyoruz. Kimse ne kendisinden emin olabiliyor ne de başkasından. Taze umutlarla gözümüzü açtığımız her sabahın; yeni bir bilgi, yeni vaka sayıları, farklı belirtiler, mutasyonlar derken bir önceki günümüze şükrederek bitirdiğimiz bir akşamı oluyor.

Tam bir belirsizlik... Bu belirsizlik içerisinde neredeyse ikinci dönemin tamamında kapalı kalmış okullar, altı aydan beri öğrenci yüzü görmeyen sınıflar... Şimdi onlardan birinin önündeyim, kendi okulumun.

Düşünüyorum da herhalde en zevksiz geçen yaz tatilim bu oldu. Hem öğrencilik hem de meslek hayatım boyunca bu kadar keyifsiz bir tatil geçirmemiştim. Birbirinin aynısı kokan günler, farklı düzeylerde de olsa aynı korkular, aynı endişeler, aynı dertler...

Ağustosun son haftasındayız. Mart ayından beri hasret kalınan yer burası: Güçlükonak İmam Hatip Ortaokulu...

Okul bahçesinin sürgülü demir kapısına dokunduğum anda birçok şeyi kökünden değiştiren virüsün Mezopotamya'nın sıcağına hiçbir etkisi olmadığını görüyorum. Elimi kapıya değdirmemle çekmem bir oluyor. Koskoca bir yaz mevsimi boyunca sıcağın altında pişen demir, elimi dağlarcasına yakıyor.

Burası yeni bir okul sayılabilir. En azından ben bu satırları yazarken öyle. Geniş bir bahçesi var. Güzelleştirilmeye müsait ve muhtaç bir bahçe. Öğrencilerle birlikte diktiğimiz yaklaşık 150 fidan var burada. Okulun hemen sağında. 11 Kasım'da hep beraber diktiğimiz, her öğrencinin ismini yazıp bir kurdeleyle bağladıkları, sahiplendikleri, suladıkları fidanlar. Tabi mart ayına kadar.

Virüs fidanların da şanssızlığı oldu diyebilirim. En azından hazirana kadar üzerlerine titreyip büyük bir hevesle her gün sulayacak olan sahipleri nicedir buralarda değil.

Her taraf sararmış. Otlar öyle kurumuşlar ki bastığımız saman olup uçuyor. Fidanlar da sıcaktan nasiplenmişler elbette. Ama durumları umut verici... Tuttukları su orucunda ne kadar bitkin düşmüş olsalar da her biri canlanmak için sonbahar yağmurlarını yani gökten gelecek olanı bekliyor. Yani gökten gelecek olana muhtaçlar. Tıpkı bizim gibi.

Sıcak da olsa hafif bir esinti oluyor. Nicedir bekleyen bayrak, hemen kendisini rüzgâra bırakıyor; narin hareketlerle dans edercesine salınıyor. Neden bilmiyorum ama pazartesi sabahları değil cuma akşamları geliyor aklıma. Güneş yüzüme vuruyor: *Korkma, Sönmez bu şafaklarda yüzen al sancak!*

Hemen dağılmaya meyledip hareketlenen, için için kaynayan öğrencilerin oluşturduğu sıralar. "Olmadı, tekrar okuyacağız. Birbirinizi dinleyin, yüksek sesle okuyun. Rahat! Hazır ol!" *Korkma sönmez bu şafaklarda yüzen al sancak!*

Bana her ne kadar cuma günü yapılan törenleri çağrıştırsa da pazartesi sabahı yapılan törenleri daha çok özlüyorum. Güneş kimsenin gözünü almaz, kimsenin bir acelesi yoktur. Yeni haftanın bismillahıdır o törenler. Uyanamayan öğrenciler de dâhil herkes yenilenmiş, okula taze bir kan gelmiştir. Gözler hilalin yıldızla dansına kilitlenmişken rüzgâr mutlaka eser: *Korkma, sönmez bu şafaklarda yüzen al sancak!*

Okulumuz üç katlı bir bina. Lise ve ortaokulun birlikte bulunduğu genişçe bir yapı. Kapısının önüne geliyorum, "*Maskesiz girilmez!*" iki adım atıyorum ayağımın altında "*Bir buçuk metre sosyal mesafe*" duvarlara bakıyorum dezenfektan bidonları... Daha kapısından girer girmez hatırlatıyor yine kendini. Yeni normalimiz bu. Hey gidi günler hey. Öyle bir çağdayız ki her değişime hızı oranında adapte oluyoruz. İnsanoğlu müthiş bir uyum kabiliyetinin yanında zayıf bir hafızayla ödüllendirilmiş şanslı bir canlı.

Attığım iki adımda içine girdiğim bu ortam hiç maskesiz yaşamadık, maske mesafe hep vardı ve normal olan bu diye fısıldıyor kulağıma. Zihnim büyüklerimizin ellerini öptüğümüz, tokalaştığımız sarıldığımız sahneleri inkâr ediyor. İmkânsız bunlar, olamaz diyor. Bir bilimkurgunun içinde normal olanı kurgu olarak görmek, yaşadığımız tam olarak bu.

Gözüm belirli günler ve haftalar panosuna takılıp kalıyor. 12 Mart İstiklal Marşının Kabulü. Beyaz kâğıttan yaptığım güvercinler hala kanat çırpıyor. Ortada Mehmet Akif Ersoy'un bir portresi ve sağında: *Korkma, sönmez bu şafaklarda yüzen al sancak!*

On Martta hazırladığım pano hala duruyor. Sanki o günden sonra zaman durdu ve hiçbir şey yaşanmadı gibi. Öyle de olsa burada, bu mısrada kutlu bir mana seziyorum. Kırmızı fon üzerindeki Beyaz güvercinlerle biraz oynandıktan sonra *"Korkma!"* diyorum. *"Korkma, düzelecek."*

Tabi içimde hissettiğim bu umut da fazla yaşayamıyor. Her şeyin çok hızlı şekil değiştirdiği bu çağda zihnimde yeşeren fidan bir anda kuruyup gidiyor. Hem de dolaşmaya başladığım sınıfların daha ilkine adım atar atmaz.

Bu kez gerçek bir güvercin var karşımda. Kâğıt olandan daha hareketsiz, daha çaresiz, daha güçsüz ve cansız... Öylece duruyor sınıfın ortasında. Camlar kapalı, nereden girmiş bu zavallı hayvan diyorum. Ne işi var burada. Okulun büyüklüğü de aklıma gelince bu durumda kalanın sadece bir tane olmayabileceği ihtimali geliyor aklıma. Sınıfları tek tek dolaşmaya başlıyorum. Okuldaki tüm camlar kapalı olsa da bu durumdaki güvercinlerin sayısı benim kâğıt güvercinlerimden epey fazla. Özellikle birinci kat güvercinlerle dolu. Birazı kâğıt ve canlıyken birazı etten kemikten ama cansız. Yoksa diyorum bu mu asıl işaret. Asıl mana bunda mı gizli!

En üst kata çıktığımda işler değişiyor. Kapıların arkaları, masaların altları hep güvercinlerle dolu. Gerçek hem de kanlı canlı güvercinler. Saçak altından bir aralık bularak okula girmiş, boş buldukları sınıfları doldurmuşlar. Geldiğimi gören yetişkin güvercinler, sağa sola uçup kaçsa da yavruların böyle bir dertleri yok. Sınıfın içinde sağa sola dolaşıp duruyorlar.

Belli ki alt katlardaki kötü manzara, bir daha üst katı bulup çıkamayan, yolunu kaybetmiş olanlardan oluşuyor.

Anlayacağınız burada sınıflar hala hareketli. Okula giren çıkan hep var. Bir tanesini elime alıp seviyorum. Ne kadar ileri geri sağa sola oynatsam da kafası hep sabit duruyor. Kümesteki tavukları kucaklayıp onlar kucağımda koşturduğum günlerden beri kuşların bu özelliği beni hep şaşırtıyor. Avcumun içinde sakince duran bu yavru güvercin, bir sahneyi hatırlatarak beni geçmişe doğru tatlı bir yolculuğa çıkartıyor. Henüz birkaç ay öncesinde yaşanan bir olay canlanıveriyor gözümün önünde.

Şubat ayının sonlarındaydık. Havalar epeyce soğuk gitmiş ama nihayetinde yalancı bir bahar - yalancı olduğunu on gün sonra yağan kardan anlayacaktık - gelmişti. İlçede böyle havaların yegâne olmasa da en çok tercih edilen etkinliği, çevre köylere doğru yürüyüş yapmaktır. Yürüyüş köye olmak zorunda mıdır? Evet. Zaten küçük olan ilçeden ne tarafa yönelseniz 8-10 km uzaktaki bir köye doğru yürümüş olursunuz.

Biz de bu geleneği bozmayıp yürüyüşe çıkmıştık. İlçeyle köy arası bir yerlerde iki çocukla karşılaştık. On üç on dört yaşlarında sürekli sümükleri akan iki oğlan çocuğu.

Bu çocuklarda tanıdık bir hava sezmiştim. Muhtemelen benim öğrencilerimden birilerinin kardeşleri ya da en azından akrabaları falandırlar diye düşünerek çok üstünde çok durmadım. Benim asıl dikkatimi çeken şey komik bir döngü içinde olmalarıydı. Kazaklarını pantolonlarının içine sokmuş, bir elleriyle tutarken diğer elleriyle sümüklerini siliyor; onunla tutmaya başladıklarında ise bu görevi kazaklarının diğer kolu devralıyordu. Burunlar ve yanaklar kırmızı, ayak bilekleri açık, üstleri pis ve karınları şiş...

Fazlaca hareketli ve tuhaf bir şişlik vardı karınlarında. Onlar sümüklerini silmek için kollarını değiştirdiklerinde şişlik de bir sağa bir sola kayıyor, pantolonu iyice sıktıklarından olsa gerek aşağı düşemiyordu. Halleri merakımı cezbedince dayanamayıp sordum:

—Gençler nereye?

—Köye hocam.

Bu hocam lafı ilçede altı farklı okulda çalışmış biri olarak düşündüğümde beni pek şaşırtmadı. Mutlaka bir yerlerden tanıyorlardır dedim. Asıl ilgimi çeken bu komik halleriydi. Üstleri çok inceydi. Belli ki üşüyorlardı da. Köye de daha dört km yol vardı.

—Bu karnınızdakiler ne? İkisi birbirine baktı.

—Güvercin hocam.

Ne yapıyorsunuz güvercinleri demeye kalmadan birisi bıraktı sımsıkı tuttuğu pantolonunun belini. Elini kazağının altına soktuğu gibi ayaklarından tuttuğu paçalı güvercini çıkartıverdi. Güvercini baş aşağı tutuyor konuştukça da sağa sola sallıyordu. Güvercinin kafasıysa elbette yine sabit... Tıpkı şimdi ellerimin arasında duran güvercin gibi...

—Eve götürüyoruz hocam. Parayla aldık. Besleyeceğiz, sonra taklacı olacaklar.

Gülümsedim. Onlar da güldü. Bu sırada çocuk güvercini tekrar koynuna soktu ve kazağını pantolonunun içine geçirip sımsıkı tuttu. Kendileri üşüyerek 8-10 km yol yürüseler de güvercinlerini en konforlu şekilde taşıyacak kadar çok seviyorlardı. İçimden, "Siz de bir güvercin kadar masumsunuz" derken onlar çoktan uzaklaşmaya başlamıştı.

Okulun açılıp açılmayacağı henüz belli değil. Belli olan: okulumuz her iki ihtimalde de güvercinlerle dolu olacak. Etten kemikten, kanlı canlı ve masum!

KÖPEK

Güçlükonak ile Cizre arasında virajlı dar bir yol vardır. Dicle'nin kenarında, onunla birlikte kıvrılan, düzelen, akan bir yol... İlçe, nehir yatağına göre epey yüksekte olduğundan öncelikle dik bir yamaçtan inmeniz gerekir. Bu iniş biraz tehlikeli olsa da öyle uzun bir yolculuk gerektirmez. Dağın doruğundan aşağı salınıp keskin birkaç manevra yapınca kartal yuvasından su kenarına iniverirsiniz.

Lakin iş yukarı çıkmaya gelince durum değişir. Vitesler düşer balatalar kokar, yolcular bir bir indirilir. Kamyonların tekerlerinin arkalarına koca koca taşlar koyulur. Aşağı gitse olmaz, yukarı sürse çıkmaz. Kalan şoförler ellerinde birer telefon döner dururlar. Şebekeyi hak getire... Yazı ayrı derttir kışı ayrı dert. Şırnak'ın sıcağında hararet, nehre koşan suların çamurunda patinaj derken uğraşır durur insanlar. Tabi ilk bahsettiğim yere, yani dağın dibindeki Dicle'nin kenarına varana kadar.

Dicle'nin özel bir atmosferi vardır. Güzelliği insanı büyüleyen cinsten olsa da bir yönüyle hep korkutur. Yaz mevsiminde yabancı biri olur çıkar. Günden güne uzaklaşır, daralır, incelir. Son baharla birlikte nereye gittiyse döner gelir. Güçlü kuvvetli, heybetli bir hale bürünüp köpürür. Yola kadar genişler. Tekerleklerimiz onun soğuk suyunda ürperir, adımlarımız daha temkinli bir hal alır, bastığımız yere güvenimiz sarsılır.

Gölgesine bir yaygı serip oturduğumuz, soğuk suyun içinde kalmaktan çatlamaya yüz tutan karpuzları doğrayıp yediğimiz o koca ağaçları arar gözlerim. Neredeler? Dicle'de yüzen bir saman çöpüdür artık onlar. En tepe dalları görünür sadece.

Dibinden nehre kadar yürüdüğüm yirmi adım, eğilip elimi soktuğum durgun su, tatlı bir rüyadır o anlarda. Belki de bir kâbus... Büyük bir canavar olarak uyanmış ve doğrulmuştur yattığı yerden. Korkarım. Yanından her geçişimde bin türlü felaket gelir aklıma.

Neyse ki herkes benim gibi değil. Bu yolu kendilerine sınır edip karşısına çadır kuran onlarca göçer gelir her sonbaharda buraya. İlkbaharın sonlarına kadar kalırlar. Onların penceresidir Dicle. Yegâne müziklerini fısıldar kulaklarına. Hayvanlarına su olur, kendilerine koca bir hayat kaynağı.

Onların evleridir dağın dibindeki bu küçük düzlük. Bu taş duvarlar, yırtık brandalar, küller, odunlar hep onların eseridir. Her yıl bir rutin halinde gelir giderler. Bu döngü pek değişmez.

İlk defa bu sene böyle yakından gözlemleme fırsatım oluyor Dicle'yi, bu yokuşu, koyunları ve eşekleri. Yine bir görevlendirme vesilesiyle. Her ne kadar kadrom başka yerde olsa da neredeyse her yıl görevlendirme adı altında başka okullara gönderildim. Kimilerince külfet sayılabilecek bu durumu ben hep nimet olarak gördüm, o şekilde değerlendirdim. Öyle ya, o görevlendirmeler farklı okullara gidip farklı kalplere dokunmama vesile olmadı mı? Farklı insanları tanıyıp türlü dertlere ortak olmama, farklı telaşları ve farklı mutlulukları yaşamama en önemlisi de farklı tecrübeler edinmeme imkân tanımadı mı?

Bu eserin ortaya çıkması belki biraz da böyle mümkün olabildi. Değişen ortamlar, iç dünyama dokunan yaşantılar doğurdu. Bana, ben olduğumu, bir kalp taşıdığımı hatırlattı. Yaşanan her anın nice sürprizlere gebe olduğunu gösterdi. Şimdi anlatacak olduğum, iç dünyamda iz bırakan olaylardan sadece bir tanesi.

Çalıştığım köyün ilçeye uzaklığı 20 km kadardı. Bahsettiğim kötü yollar yüzünden bu 20 km kısa bir mesafe olmaktan çıkıp zorlu bir mücadeleye, her gün tekrar edilen ve mutlak bir dikkat gerektiren uzun bir sınava dönüşüyordu.

Sabahları erken gitmem gerektiği için çoğu zaman kahvaltı yapamazdım. Zaten öğlen döneceğim düşüncesiyle yanıma bir simit alır, bazen onu bile almadan yola çıkardım. Tabi öğlene kadar acıkır, okuldan çıkınca bir an önce eve varabilmek için geldiğimden çok daha hızlı bir şekilde geri dönerdim.

Kasımın ortalarında olduğumuzu hatırlıyorum. Yağmur sicim gibi yağıyor, bu yağışa silecekler zor yetişiyordu. Dicle'nin iyiden iyiye canlanıp ellerini yola doğru uzatmaya başladığı günlerdi. Bu korkutucu haline yağmurdan aldığı kuvveti de ekleyince daha cüretkâr bir düşmana dönüşmüştü. Durum böyleyken açlığa aldırmıyor yavaş yavaş yol alıyordum.

Yılan gibi kıvrılan yollarda tüm dikkatimi yola vermişken iki viraj ileride yolun ortasında duran belli belirsiz bir karaltı gördüm. Taa karşıdan. Son virajı da dönüp karşı karşıya kaldığımda yerinden hiç kıpırdamamış bir halde öylece dururken buldum onu.

Sarıya çalan rengi yağmurda iyice koyulaşmış zayıf bir köpekti. Karnı sırtına yapışmış, kaburgaları derisini delip dışarı fırlayacak hale gelmişti. Tüm bedeni tükenişi haykıran bu canlının gözlerindeki kararlılık korkulmayacak gibi değildi. Elli metre kadar karşıdan doğruca üzerine gelen bir araç olmasına rağmen ne hareket ediyor ne de en küçük bir tereddüt belirtisi gösteriyordu. Korkmuyordu. Dimdik oturmuş öylece bana bakıyordu.

En sonunda korkup çekilecektir diye dibine kadar yaklaştım. Neredeyse çarpacak olmama rağmen kılı bile kıpırdamadı. Durdum. Buraya çıkmış beni bekliyor gibi bir hava içinde öylece bakıyordu. Ölümden korkacak bir hali de kalmamıştı zaten. Haline bakılırsa ölüm onun için kurtuluş bile sayılabilirdi. *"Ya ez geç beni ya da görmezden gelme, doyur. Ölüyorum."* Diyordu.

Belki açlığımın da etkisiyle bu çaresiz duruşu ve yardım çığlığı beni alt üst etti. Yağmura rağmen araçtan indim. Kafasını okşadım. *"Bekle!"* dedim. *"Bir yere ayrılma geleceğim."*

Kendi açlığımı unutmuştum. Tek isteğim onu bir yere gitmeden bulup bu kimsesiz yerde açlıktan ölmesine mani olabilmekti. Yağmura, yokuşa, çamura, açlığa ve en çok da Dicle'ye aldırmadan olabildiğince hızlı bir şekilde ilçeye geldim. On tane ekmek alıp koydum arabaya. Eve gidip kahvaltı masasında bekleyen eşimi de aldığım gibi geri döndüm.

Bıraktığım yerin epey uzağındaki bodur bir ağacın altında dört küçük yavrusuyla birlikte yatarken bulduk onu. Bizi görünce yattığı yerden fırladı. Tanımış olmalı ki ayaklarının arasına sıkıştırdığı kuyruğunu bir iki cansız hareketle salladı.

Ondan cesaret alan yavrular da benzer hareketlerle paçalarımızın dininde dolanmaya başladılar.

Anladım ki o kararlı duruş, çaresiz bir annenin sessiz haykırışı, son imdat çığlığıydı. Yavrularını yaşatma çabasından doğan bir gözü karalık... Onlar yedikçe ben doydum. Yaşananların meydana getirdiği mutluluk açlık falan bırakmadı. Ruhum doydu diyebilirim, bedenim aç olsa kaç yazar!

Neredeyse altı ay boyunca aynı ağacın altında bulduk onları. Hem de her gün. Geleceğimiz saati biliyorlar, arabayı görür görmez ayaklanıp sağa sola koşturmaya başlıyorlardı.

Onları beslemeyi kendimize görev edindiğimiz altı ay boyunca hafta sonları dahi yanlarına gittik. Yavrular gözlerimizin önünde büyüdü, ayaklandı. Anneleri kendini topladı, güçlendi. Havanın ısınmasıyla da her biri bir yerlere dağıldı, gitti.

Ekmek veren biz olsak da gerçekte bizi doyuran onlar oldu. Giderken arkalarında huzurlu kalpler ve doymuş ruhlar bıraktılar.

Kim bilir şimdi nerelerdeler. Hiçbir fikrim yok. Ama yeni bir görevlendirmenin böyle nice yaşantıya daha gebe olduğundan şüphem de yok. O yüzden kalmak isteyenler buyursun kalsın. Ben gittikçe, gördükçe, yaşadıkça var oluyorum.

MİLAT

Bilimkurgu filmlerini andıran o sahneyi gördükten ne kadar zaman sonraydı hatırlayamıyorum. Astronot kıyafetlerini andıran beyaz bir tulumun içinde, maske ve siperlik takmış, sırtlarında okul çantası gibi taşıdıkları dezenfektan bidonlarıyla okulun bahçesinde dolaşan bu adamların zihnimde bıraktığı çarpıcı etki; günler ne kadar ilerlerse ilerlesin hep yeni yaşanmış hissi vererek bu tarihi doğru yorumlamamı engelliyor. Lojmanın penceresinden okulun bahçesine her bakışımda o adamları az önce görmüş gibi oluşum, bu olayın üzerinden ne kadar çok zaman geçtiğini düşünüp hayrete kapılmama sebep olmaktan başka bir işe yaramıyor. Ben de geçen zamanın büyüklüğünü önemsemeden o günü her şeyin başladığı bir milat olarak kabul ediyor, zihnime öyle yerleştiriyorum.

Olayı tanımlarken kullandığım *"milat"*, tesadüfen seçilmiş bir sözcük değil. Ondan sonra yaşanan hiçbir şeyin eskisi gibi olmadığını söylesem kesinlikle abartmış olmam. Yaşanan onlarcasının arasından içimde bir sarmaşık gibi büyüyüp benliğimi saran, etkisinden bugün dahi tam manasıyla kurtulamadığım bir tanesini paylaşmak istiyorum. Burada anlatacağım olay, kimilerine fazlaca duygusal işlenmiş gibi gelebilir. Bunu hiç önemsemiyorum. Yaşananları doğru değerlendirebilmenin, içindeki hüzün, acı, umut ve mutluluğu doğru yorumlayabilmenin tek yolu öğretmen olmak mı onu da bilmiyorum. Ancak anlatacaklarımın hayatta birçok şeyin olduğu gibi duyguların da kesin sınırlar içinde yaşanamıyor olduğuna güçlü bir kanıt sayılabileceğinden eminim.

İçimdeki bu sarmaşığın sebebi bir çocuk... Henüz on üç yaşında... O adamları görmeden önce de tanıdığım küçük bir kız çocuğu... Düşük omuzlarının üzerindeki o ince boynun; bu zayıf ve solgun yüzden, hep çift örgülü olan siyah saçlardan ve insanın içini delecek gibi bakan bu bir çift gözden fazlasını taşıyabilecek gücü olduğundan emin değilim. Yaşıtlarına göre çok zayıf ve fazlaca sessiz bir sabi... "Hocam, hocam" diye başlayan ve değişik yönlerde uzayıp giden uzun cümlelerin arasında kısa, kesik bir Örtmenim" sesi...

Okul kıyafetlerini giymesi gerektiği konusunda senenin başından itibaren yaptığımız uyarılara uy(a)mamaktan başka kusuru olmayan bir öğrenci. Sekiz kardeşin en küçüğü... Kendisine vaat edilenleri *"Örtmenim babam Irak'tan gelecek, bana okul kıyafetimi alacak. Örtmenim annem pazara gidince okul kıyafetlerimi alacak."* gibi sözlerle inanarak ve umarak, günler geçtikçe de hayal ederek aktaran, fakir ailesinin masum aynası. Işıl ışıl gözlerinde müthiş bir zekâ taşıyan bu çocuğun dilinden dökülen nice pazarlar, babasının gelip ona kıyafet alacağı nice salılar, çarşambalar geçip gitmişti.

İkinci dönemin başında onu okul kıyafetleri içinde gördüğüm günle malum adamların okul bahçesinde dolaştığı gün arasında çok bir zaman yok. Daha kıyafetlerden hevesini bile alamamışken ikinci gününde okulların kapatılması, herkesten çok onu üzmüş ve hayal kırıklığına uğratmıştı. Covid denen musibet herkesi etkilese de bu çocuk kadar etkileneni var mıdır bilmiyorum.

Uzaktan eğitime geçişte sıkıntı yaşadığımız günlerde, tableti, bilgisayarı ve interneti olmayan öğrencilerimize ulaşabilmek için ders notları hazırlıyor, bunları bazen köy muhtarlarıyla gönderiyor bazen de kendimiz götürüp dağıtıyorduk. Böyle zamanlarda o iki parlak gözün, o solgun yanakların, o çift örgülü saçların sahibi çocuğun köyüne defalarca gitsek de hiçbirinde onu görüp ders notlarını vermek mümkün olmadı. Her gidişimizde diğer çocukların *"Hocam o keçilere gitti. Bize verin, biz ona veririz."* teklifleriyle karşılaşıyor ve mecburen öyle de yapıp geri dönüyorduk. Nihayetinde bir gün karşılaşmak nasip oldu. O gün nasıl oldu da bir yerlere çalışmaya gitmedi diye düşünürken bir terslik olduğunu anladım.

Kalabalığın dışında küçük bir su birikintisinin önündeki yüksekçe taşın üstünde oturuyordu. Ağlamaktan kan çanağına dönmüş gözleri ve günlerdir üzerinden çıkarmadığı her halinden belli olan okul kıyafetleriyle insanın içine dokunan bir görüntü çiziyordu. Kalabalığın en dışında olsa da acının en içinde olduğu her halinden belliydi. *"Neyin var, ne oldu?"* demeye kalmadan etrafımı saran çocuklardan biri *"Hocam ...'nin babası öldü. Hani yarasadan geçen o hastalık yüzünden..."* dedi. Dünya başıma yıkıldı. Kâğıtlar elimden kaydı, düştü. Ne diyeceğimi bilemez halde dikilip dururken beni gören... ayağa fırladı. Gözyaşlarını elinin tersiyle silip okul süveterinde kuruladı. Heyecanlandı. Utandı. Korktu. Kesik kesik *"Örtmenim ben hep keçilere gidiyordum. Benim babam öldü. Yarasa falan yemedi örtmenim"* dedi. Gözyaşlarıyla birlikte ağzına kadar giren sümüğünü silerken bir yandan ağlamaya bir yandan konuşmaya devam ediyordu. Hem öğrenciliğin hem babasını henüz kaybetmiş bir yetimin sıfatına bürünerek konuşuyor, konuştukça hıçkırıyor, hıçkırdıkça titriyordu. *"Dur kızım."* Dedim, *"Sakin ol."* Elimi, çift örgüsü nicedir açılmamış, kirli ve dağılmaya başlayan saçlarına götürdüm. *"Boş ver notları, önemli değil. Ağlama."* dedim. *"Örtmenim herkes yarasa yedi diyor, Benim babam yarasa yemedi ki"* dedi. *"Biliyorum kızım biliyorum."* dedim ve ellerim saçlarında öylece kaldım. Ne söyleyecek bir şey bulabildim ne de yapacak.

Eve geldiğimde çarpılmış gibiydim. Suratıma okkalı bir tokat yiyip öylece kalakalmış gibi… Islanmış, üşümüş, titremiş gibi… Taziyeye ve ardından birkaç kez de ziyaretlerine gittim. Ancak …yi bir daha hiç göremedim. Onu sorduğumda aldığım cevap hep aynıydı. *"Keçilere gitti…"* Herkesi görüp onu görememek ve herkese ulaşan notları ona bir türlü ulaştıramamak kendime ve mesleğime ihanet etmiş olmak gibiydi.

Notların yerini uzaktan eğitimin ve canlı derslerin almaya başladığı süreçte, şarjı uzun süre dayanacak bir tablet alıp tekrar o köye gittim. *"Hocam keçilere gitti."* deseler de bu kez geri dönmedim. *"Keçiler neredeyse beni de oraya götürün"* deyip düştüm peşlerine. Üç dört tane çocuğun refakatinde yarım saat kadar yürüdükten sonra, keçilerin ne bulup yediğini dahi anlayamadığım taşlık bir yere vardık. Yirmi tane keçinin ortasında bir taşın üzerine oturmuş, elindeki çomakla toprağı eşelerken buldum onu. En başta söylediğim hüzün, acı, umut ve mutluluk duygularının iç içe olabildiğine bu çocuğu gördüğüm o anda ikna oldum.

Beni görünce yerinden fırladı. Gözlerinde büyük bir şaşkınlık, hareketlerinde ise keçilerini otlatırken öğretmeni tarafından görülmüş olmanın yarattığı garip bir mahcubiyet vardı. *"Örtmenim keçilere gittiğim için..."* diye başlayan bir şeyler söylüyordu ki bitirmesine müsaade etmeden tableti ona uzattım. Şaşkınlık ve mahcubiyet, yerini heyecan ve mutluluğa bıraktı. *"Bu ne örtmenim?"* dedi. *"Benim mi olsun?"* *"Senin olsun."* dedim. *"Bundan sonra notlara gerek yok. Derse burada bile katılabilirsin. Defter, kitap taşımana da gerek yok. Sadece katıl, seni göreyim yeter."* Sesi titreyerek *"Tamam örtmenim hep katılacağım"* dedi. Geri dönüp yürümeye başladığım sırada tablete öyle büyük bir mutlulukla sarılıyor, onu öyle sıkı tutuyordu ki öğretmen olmayanlar ve öğretmenlik mesleğinin ne demek olduğunu yeterince iyi kavrayamamış olanlar, o görüntünün huzurunu anlayamaz.

İçimdeki sarmaşıkla olan münasebetim elbette bitmedi. Zaten o sarmaşığı kökünden kesip kurutmak da artık mümkün değil. Ancak lojmanın penceresinden okulun bahçesine bakıp o adamları tekrar tekrar hatırladığım şu dakikalarda, bu sarmaşığın kimi yerlerinde çiçekler açtığını hissediyorum.

Az önce biten canlı dersimize, yine o taşın üzerine oturmuş ve her tarafı keçiler tarafından sarılmış olarak katıldı. Gözünün bir ucuyla ekrana bakıyor bir ucuyla da keçilerini kontrol ediyordu. Onun *"Örtmenim, örtmenim"* diyen sesine eşlik eden keçi melemeleriyle dersi bitirirken, saçlarının yine iki örgülü olduğunu fark ettim. Üzerinde de uzun süredir değiştirmediği için yakaları iyice kirlenmiş okul kıyafetleri vardı.

TÜRKÇE

Bugün biriyle tanıştım. Gönül arşivimin kapısını aralayıp tüm tozlu rafları karıştıran, unutulmaya yüz tutmuş kıyıda köşede kalmış anılarımı gün yüzüne çıkartan biriyle.

Sıradan bir pazartesi günüydü. Yeni açtığımız zekâ oyunları sınıfında birbirinden hevesli ve heyecanlı otuz öğrencinin arasında koşturup duruyordum. Bolca oyunun olduğu, herkesin dilediği oyunu oynayabildiği bu sınıf, öğrenciler için dersten çok eğlence anlamına geliyordu. Sınıfın cazibesi birçok öğrencinin nazarında beden eğitimi gibi bir dersle dahi yarışabilecek seviyedeydi.

Üst sınıflarla daha kontrollü ve planlı bazı çalışmalar yapılabilse de sınıf kademesi düştükçe öğrenciler "ders" değil "oyun" konusuna daha çok odaklanıyor, bu günün gelmesini iple çekiyorlardı. İlk dersim altıncı sınıflarlaydı. Çocukların soruları, istekleri, merak ettikleri, oturdukları, kalktıkları derken daha ilk dersten zorlu bir maraton başlamıştı.

Tüm bunlar yaşanırken kapı çaldı. Kucağında kundaklanmış bir bebek taşıyan kısa boylu, esmer ve çekik gözlü bir kadın girdi içeriye. Hemen arkasından da *"Gel oğlum"* diye seslendiği bir çocuk...

—Hocam kusura bakmayın dersinizi böldük. Oğlumu okula yeni kaydettirdim. Altıncı sınıfa gidecek.

Ah şu annelik! Henüz birkaç aylık bebeğiyle evden buraya kadar yürümesi gerekse de oğlunu sınıfa kadar götürüp öğretmenine bizzat teslim etmeden içi rahat etmemişti. Bana bir şeyler söylüyor olsa da gözü hep oğlundaydı. Derste oyun oynandığını görünce utangaçlığı ve çekingenliği bir tarafa bırakan çocuğun etrafa meraklı bakışlar atan, bir an önce derse dâhil olmak için sabırsızlanan hallerini görmek annesinin içini rahatlatmıştı. Daha fazla kalmadı. *"Hocam çocuk önce Allah'a sonra sana emanet"* diye tamamlanan kısa bir sohbetin ardından sınıftan çıktı.

Gözlerini oyunlardan ayıramayan ve meraklı bakışlarla arkadaşlarını, sınıfı ve ortamı inceleyen çocuğa:

—Hoş geldin oğlum, adın ne bakalım?

—İlyas hocam. Ben bu oyunu biliyorum. O küçüklerin adı asker değil mi, tek kare gidiyor. Bir de bunun küçüğü bir oyun var. Taşlar öteki taşların üzerinden atlıyor. Onu da biliyorum. Adı neydi... Aklıma gelmiyor.

Burada nasıl ifade edilir bilmiyorum ama konuşması, Türkçesi o kadar hoşuma gitti ve merakımı cezbetti ki çocuğu biraz daha konuşturmak istedim.

Karşımda duran on üç on dört yaşlarında hafif tombul, siyah saçlı, yuvarlak yüzlü, çekik gözlü bir çocuktu. Bu haliyle hiç konuşmadan öylece dursa dahi hakkında fikir sahibi olmak, tahminde bulunmak mümkündü. Yanaklarındaki çiller, çekik gözleri, esmer yüzü, konuşurken seçmeye çalıştığı sözcükler ve dilindeki hoş aksan Orta Asya'dan geldiğini adeta ilan ediyordu.

–Nereden geliyorsun İlyas? Nerelisin?
–Özbekistan'dan geliyorum hocam.

Bu sözleri duyunca dudaklarıma bir tebessümün yayıldığını hissettim. Demek tahminimde yanılmamıştım. İlyas uzak yerlerden, Orta Asya'dan çıkıp gelmiş bir Türk çocuğuydu. Yaşananlar aklıma bir Çukurova türküsünü getirdi. İlyas'ında duyabileceği şekilde mırıldandım.

"Ta Orta Asya'dan İtil'den beri
Göç edip bu yana gelen Türkleriz
Meşhur Ergenekon ecdadım yeri
Geçerken dağları delen Türkleriz
Tanrı Dağlarında Han Otağında
Oğuz Türklerinin akın çağında
Yalçın sarp kayalı Altay Dağında
Destan yazmak için kalan Türkleriz
..."

Gülümsedi. *"Çok güzelmiş hocam"* dedi. Daha önce Türkiye'ye gelememiş olmasına rağmen herhangi bir iletişim sıkıntısı yaşamadan anlaşabiliyorduk.

"Timur" dedim. *"Biliyor musun Timur'u?"* Şaşırdı. Gözlerinin içi güldü. Ona dair bir şeyler biliyor olmam hoşuna gitmişti. Biraz da heyecanlı bir halde *"Biliyorum hocam, heykeli var böyle atın üstünde duruyor."* Bir yandan anlatıyor bir yandan da Timur'un atın üzerinde nasıl oturduğunu göstermeye çalışıyordu. Peki, dedim. Daha önce Türkiye'yi hiç duymuş muydun?

–Ooo hocam tabi duydum. Buraya gelen bir sürü tanıdığımız bile var. Herkes buraya gelmek istiyor. Burayı seviyor.

Ben geleceğim zaman arkadaşlarım keşke biz de gitsek dediler.
–"Ya, ne güzel! Başka ne biliyorsun Türkiye hakkında?" diye sordum. Gerçi çocuk altıncı sınıfa kaydolmuştu. Henüz küçüktü ve pek fazla bilgi sahibi olması beklenemezdi. Ama bir kez daha şaşırttı beni. *"Kemal Atatürk biliyorum hocam"* dedi. Ne diyeceğimi bilemedim. Bu çekik gözlü bıcır bıcır konuşan Orta Asyalı Türk çocuğu, Atatürk'ü biliyordu. Atatürk'ümüzü.

Aramızda geçen bu konuşma beni bir anda eskilere götürdü. Beş yıl öncesine. Kilis'te kurulan bir kampta Suriyeli öğrencilerle çalıştığım günlere... Görev yaptığım yer Türkiye'nin o dönemdeki en büyük sığınma merkeziydi.

Savaş yüzünden doğdukları toprakları bırakıp gelmek zorunda kalmış çocuklara Türkçe öğretmeye çalışıyorduk. Bizim Arapça, onların Türkçe'den bihaber oldukları sınıflarda işimiz epey zor oluyordu.

Bir gün yine en basit sözcükleri seçip tane tane konuşarak bir şeyler anlatmaya çalışıyor, el kol hareketlerini de işin içine katarak çırpınıp duruyordum. Bu sırada öğrencilerden biri elini kaldırıp söz istedi. Beyaz yüzlü, hafif uzun boylu, saçı kapalı bir kız çocuğuydu.

–"Hocam isterseniz sizin söylediklerinizi sınıfa tercüme edebilirim"

Şaşırdım. Kısa bir duraksamanın ardından sözcük seçmeyi, yavaş konuşmayı ve el kol hareketlerini bir tarafa bırakarak:

–Kızım sen nereden biliyorsun böyle güzel Türkçe konuşmayı? Diye sordum. Güldü. Cevabı basit ve anlamlıydı.

–E hocam ben Türküm neden bilmeyeceğim Türkçe konuşmayı?

Koskoca bir tarih... Timur'u, Süleyman Şah'ı, Alparslan'ı, Yavuz Sultan Selim'i; Selçuklu'su, Osmanlı'sı, Türkiye'si ve isimleri şu an aklıma gelmeyen onlarcası aktı geçti gözümün önünden.

Tabi dedim içimden gün bugün değil. Bu çocuk sayısız Türk devletinin hükmettiği daha yüz yıl önce bizim bir parçamız olan topraklardan geliyor. Şu duvarın ötesinden. Ne var bunda şaşıracak. Osmanlının 400 yılı aşkın kaldığı, daha yüz sene evvel Atatürk'ün savaştığı, Süleyman Şah'ın ve sayısız şehidin hala yattığı topraklardan gelen birinin Türkçe konuşması ve Türk olması kadar doğal ne olabilir.

—Biz Çobanbey'den geliyoruz hocam. Diğer sınıfta Ayşe var o da Halep'ten gelmiş. Türk. Türkçeyi aynı benim gibi sizin gibi konuşuyor. Biz orada da kendi aramızda Türkçe konuşuyorduk. Ama Arapçayı da biliyoruz. Eğer isterseniz tercüme edebilirim söylediklerinizi.

O günden sonra ana dilleri Türkçe'yi oldukça akıcı biçimde konuşan bir sürü öğrenci çıktı ortaya. Hem bizimle sınıf arasında bağ oluyor hem de kendi aralarında da Türkçe konuşarak diğerlerinin öğrenmesine büyük katkı sağlıyorlardı. Onlar sayesinde öğrencilerin kendi aralarındaki konuşmalarda bile Türkçe cümleler geçer oldu. Dil öğretimi kolaylaştı. Sınıfla öğretmen arasındaki bağ kuvvetlendi.

Kampta geçirdiğim iki yıl ve öğrencilerin üzerimdeki tesri çok olmuş ki İlyas'ı görür görmez Suriyeli öğrencilerle geçirdiğim günleri ve akıcı Türkçeleriyle beni şaşırtan şaşırttığı kadar da duygulandıran o çocukları hatırladım.

Sınırların ne kadar suni, dillerin ve kültürlerin ne kadar gerçek olduğunu haykırdı bu iki yaşanmışlık.

—Evet çocuklar, dedim. *Tahtaya yazdığım şiiri defterinize yazın. Zaten diğer dersimiz Türkçe!*

Türkçem Benim Ses Bayrağım
Seslenir seni bana "sonsuz"
Der ki çoğal,
Der ki uzan mutluluğuna...
Usun, iyiliğin, doğruluğun,
Bir bilinmeyenden bir bilinene dek
Türkçe, var olduğumuz...
Türkçe, nice desem seni,
Onca güzelim.
Görünmek, derinleşmek,
Dolmak;
Seni düşünürüm, düşünürüm, yarı karanlıklarda, dal,
Anlarım onca.
Bir bölü beş, bir bölü dokuz,
Bir bölü bin üç!
Ayrılık anlamların öylesine azar azar dağılır,
Ta doğudaki balık,
Duyar kokusunu
Ta batıdaki yoncanın.
Seslenir seni bana yakın uzak,
Yeryüzü mavisinden gökyüzü yeşiline,
Tutsak uluslar var ya, geceler boyu
Onlar için,
Yitik özgürlükler için,
Türkçe haykırmak...
O süre yaradılış dar iken
Düz iken, yassı iken,
Daha'lar,
Daha'lar,
Daha'lar daha'lara karışmış,

Sınırsızlığın getirmiş yarınları.
Konuşamaz iken, o yusyuvarlakta,
Diyemez iken,
Artısı eksisi almış götürmüş
Toprağın bitkilerden arta kalan sağlığını,
Sıcak uzun
Bir kişiler geleceğine.
Seslenir seni bana bir duru su,
İçinde masallar, uygarlıklar saklayan,
Eski ozanlar kazımış ilk yazıları ilk anıtlara,
Yankılanır
Alandan alana, uçsuz bucaksız,
Evrenden akınlarının uğultusu.
Ama bağışla beni, unutmuşum,
Yıldızını, güneşini, ayını, utanmadan...
Öyle köksüz günlerim gelmiş bozkır çadırlarında çırılçıplak,
Unutmuşum ana demesini bile,
Öykünmüşüm türküsünü ellerin,
Ağzıma bir kara düşmüş, bağışla beni.
İşte ant içiyorum,
Bütün ölüler adına,
Bütün gençler, bütün doğacak çocuklar adına,
Varacağım deyişine gündüz gündüz,
Varacağım Tanrı'ya dek,
Soluğumda soluğun...
Seslenir seni bana ovam, dağım,
Nere gitsem bulur beni arınmış.
Bir çağ ki akar ötelere,
Bir ak... ki yüce atalar, bir al... ki ulu oğullar,
Türkçem, benim ses bayrağım...

Fazıl Hüsnü Dağlarca

MODERN YÖRÜK

Öğretmenlik mesleğinin gereği olarak bulunduğum bu ilde dördüncü yılım. Tayinden önceki son yılıma girdiğim bu günlerde, taşınacak olduğum dördüncü evim için de hazırlıklara başlamış bulunuyorum. Dört yılda dört ev... Her yönüyle tam bir göçer hayatı. Yazları başka evde, kışları başka bir evde yaşıyorum. Bu her ne kadar "keyif işi" gibi görünse de aslında bir zorunluluk.

Süregelen bir şanssızlığın, daha doğru ifadeyle bir kısmetsizliğin sonucu... Sebebiyse soğuk. Bu zamana kadar baktığım evlerin duvarlarında öylece duran kalorifer peteklerinin o iç ısıtan görüntülerine hep kandım. Yazın baktığımda umut vaat edip içimi ısıtan o petekler, kış geldiğinde bir türlü üzerlerine düşen görevi yapamadı. Kaldığım evlerden çıkıp yeni yeni umutlarla başka yerlere taşınmış olsam da ısınma sorununu hiç çözemedim.

İlk senemde iki katlı bir evin üst katına, İkinci yılımda dört katlı bir evin dördüncü katına, üçüncü yılımda ise ilçede bulunan öğretmen lojmanının en üst katına –çatısı olmasına güvenip bu sebeple kendimi epey de şanslı hissederek- yerleştim. Ancak gelin görün ki saydığım bu evlerin hiçbirinde ısınma sorununa çözüm bulamadım. Hepsi, kış gelince 21. yy'ın modern mağaralarına dönüşüverdiler. Bu sebeple üç yıldır her kış aynı sıkıntıyı yaşıyorum. Böyle zamanlarda evde oturup kitap okumak, televizyon izlemek, rahat rahat duş almak gibi günlük hayatın parçası olan ve keyif alınarak yapılması gereken son derece basit bir sürü faaliyet; benim için neredeyse gerçekleşmesi güç bir hayal halini alırdı. Kat kat kıyafetlerin içinde geçirdiğim bütün bir kış mevsimi boyunca tek bir amacım olurdu o da bir günü daha hastalanmadan atlatabilmek.

Kasım ayından itibaren evin dışının içinden daha sıcak olduğu günleri sık sık yaşıyorum. Kömür kazanının bacasından savrulan bir top kara duman benim için nice güzel haberlere üstün geliyor. Öyle denilebilir ki bu dönemlerde en güzel haberleri dumanla alıyor, onunla haberleşiyorum.

E kardeşim madem üşüyorsun neden üst katlarda oturuyorsun? Çünkü bir tek üst katlardakiler üşüyor ve hane sayısının memur sayısından az olduğu bu yerde, bir tek o en üst katlar boş kalıyor. Benim gibi üşüyen, benimle aynı kaderi paylaşan bir gurup insanla üst katlar arsında daire kapmaca oynuyoruz. Üşüyen, evinden çıkmak istiyor. Onun yerine ev bulamamış olan ve başka bir binanın en üst katından kaçmaya çalışan başka bir üşüyen geliyor. Yeni umutlarla yerleşiyor ancak sonuç yine aynı.

Bu kez benim durumum biraz farklı. Modern yörüklüğümün göç mevsiminin başladığı bu günlerde, bu kez ara katta bulunan bir daireye taşınmaya hazırlanıyorum. Ne büyük bir mutluluk. Bunu, ancak sabahları soğuk yüzünden yatağın içinden çıkamamış olanlar anlar. Her yıl hissettiğim bu umut, bu yıl biraz daha gerçekleşebilir gibi duruyor.

Göçerleri bilirsiniz. Yazın yazlaklarına, dağların yükseklerine çıkarlar. Sıcaktan ve sıcağın getirdiği uyuşukluktan, terden, bunaltıcı havadan kurtulmak için. Kış olduğundaysa yerleri kışlaklarıdır, sıcağa inerler. Atlarla deve kervanlarıyla çoluk çocuk her zaman sabit olan kışlaklarına iner, çadırlarını kurarlar. Onlar söz konusu olduğunda yaz kış göçmek, bir düzen kurmuşken yıkıp yenisini kurmak ve kurarken bile bozacağını bilerek yaşamak bana ne zor gelirdi. Şimdi onları daha şanslı buluyorum. Nihayetinde gidecekleri yerler de belli, gidecekleri de. Benim durumum ise tam burada daha zor bir hal alarak onlardan ayrılıyor. Çünkü ben yerleşirken bir daha gitmeyecek gibi yerleşiyorum. Buna rağmen her defasında mecbur kalıp bilmediğim başka bir yere gitmek üzere çadırımı yıkmaya başlıyorum.

Şu satırları yazdığım, yazmaya çalıştığım dakikalarda yine benzer bir göçün arifesindeyim. Üzerimde dört kat kıyafet, üst üste giydiğim iki giyim çorap ve başımda takkemle bir taraftan burnumu çekiyor, bir taraftan ise yarın taşımak üzere hazırladığım kutulara, doldurduğum çuvallara bakıyorum.

Gideceğim yer sıcak mı olacak soğuk mu elbette bilinmez. Ama bu kez yıkacağım zamanı bilerek kuracağım çadırımı. Haziran ayında bu kervanı bir daha düzeceğimi, bu göçe tekrar başlayacağımı bilmenin verdiği iç huzuruyla... En azından bu belirsizliği aşmış olarak.

Bu sefer kervanımı çok uzaklara süreceğim. Bana Çukurova'da bir kışlak yer bırakmayan insanlardan çok uzaklara.

KIŞ

Burada olduğum beş yıllık süre içerisinde böylesine çok kar yağdığına ilk defa tanık oluyorum. Karın geleceği havanın soğukluğundan belliydi zaten ama yağdıktan sonra soğuğun devam etmesi bana gerçekten sürpriz oldu. Kar yağarsa soğuk kırılır anlayışı benim için bu gördüklerimle birlikte kırıldı gitti. Ama soğuk bir türlü kırılmıyor. İki gündür sabahları musluklardan su akmıyor. Gece donan şebeke suyunun çözülüp akması öğleni buluyor. Tabi akşam olunca yeniden donuyor.

İlk dönemin son haftası çarşamba günü patladı bu hava. O günden beri birçok planımızı değiştirdik. Yarıyıl tatilinde ailemin yanına İstanbul'a gitmeyi planlıyordum. Aksayan uçak seferleri, kapalı kalan yollar, covid test zorunluluğu derken bu seyahat gözümde büyüdükçe büyüdü. En sonunda da vazgeçtim.

Gitsem ne olacak zaten orası da buradan farklı değil. Bugün durmadan kar yağdı mesela. Yarın da yağışlı, sonra da. Sanki kalmak yönünde verdiğim karar mantıklı gibi. Hem bu fırsat kaçırılır mı? Güçlükonak'ta kaç kar yağışı tatile tesadüf eder?

He, böyle konuşuyorum diye kış mevsimini sevmiyorum zannetmeyin. Ben Karadeniz çocuğuyum. Yağmura da kara da aşinayım. Çok da severim. İnsanların içinde baharla birlikte uçuşan kelebekler; benim içimde kışın uyanır, kar yağdığında kanatlanıverir. O yağdıkça mutlu olurum, enerji dolarım. Zaten bu mutluluk, bu enerji ve bu kelebekler yüzünden değil miydi çarşamba günü okullar tatil edildiğinde kapanan yollar yüzünden gelemeyen servisi beklemek yerine yollara düşüşüm? Neredeyse on km yolu o tipide yürümüştük. Üstelik bu ateşin herkesin içinde aynı anda harlandığını sanmış, kendim giderken birini daha yanımda sürüklemiştim. Nasıl olurdu da kar insanlığın içindeki volkanları patlatmazdı? Nasıl mümkün olurdu ben düşen her kar tanesinde mutluluk ve enerji dolarken insanların bir miskinlik hali içerisinde camların arkasında oturması!

Bu on km yolu neredeyse iki buçuk saatte yürüdük. Yürüdük dediysem öyle değil. Tipiye karşı bir yürüyüş bu. İnsanın yüzünü bıçak gibi kesen bir rüzgâra karşı... Kafamızı kaldırıp karşıya bakamadan gözleri kapalı bir yürüyüş. Bazen fırtınanın şiddeti yüzünden kar zerresi kalmamış yokuşlarda bazen rüzgârın getirip yığdığı karın içinde debelenip durduğumuz düzlüklerde... Yolun tam olarak nerede kaldığını kestiremeden sadece ilerlemeye çalıştığımız bir mücadele...

Birbirimizle konuşmaya, iletişim halinde kalmaya çalışsak da fırtına yüzünden kendi sesimizi bile tam olarak duyamıyorduk. Her yıl iki üç metre kar yağan bir yerde büyümüş, benzer zorlu şartlarla çok kez karşılaşmış biri olmama rağmen, havanın erken kararılığı bu günlerde gündüz gözüne bitiremeyeceğimiz bir yolculuk yapıyor olma ihtimali, yoldaşıma hissettirmemeye çalışsam da iyiden iyiye gözümü korkutmaya başlamıştı.

Yumuşak bir kumaş olmaktan çoktan vazgeçen montumun düz bir tahtaya, hatta bir mermere dönüşen sırtını siper ederek rüzgara karşı attığım her adımda; pantolonumun boydan boya donmuş ve bedenimi kalıp halinde sarmış buzdan borulara dönüştüğünü hissetmiştim. "Hocam gel izimden yürü, rüzgârdan korun" diye bağırıp sesimi duyuramadığımı fark ettiğimde çaresiz koluna girerek destek olmuş, böyle anlarda karla olan mücadelem yetmezmiş gibi aklımdan geçen ne kötü senaryolarla da savaşmıştım bilemezsiniz.

Yine de nereden bakarsam bakayım bu soğuk, kar, tipi benim içimde yanan bir ateştir. Karlı dağların arasından, donmuş rayların üzerinden giden bir eski zaman treni gibi dışım buz kesse de içim kömür gibi yanar. Bu ateşti zaten yola çıkma sebebim. Bu yakıt beni daha nerelere nerelere götürecek, ne maceralara sokacak ne tehlikelere atacak kim bilir... Evde durmak mümkün değildir benim için. Pencerelerin, buğulu camların arkası bana göre değildir. Ciğerlerime soğuğu çekmek beni mutlu eder. Soğuk beni çağırır, kendime getirir.

Böylesine maceralı başlayan çetin bir kış mevsimindeyiz. Ocak ayının sonlarında... Yirmi birinde. Böyle hızlı bir giriş yaptığımız yarıyıl tatilinde o kadar hareketin ardından elbette biraz da huzur ve sessizlik gerekiyor. Arınmış bir çevre... İnsanlardan, araçlardan, mikroplardan ve hatta sesten... Sabahtan beri evdeydim. Bugünlerin kıymeti çok büyük. Nicedir kitaplığımda okunmayı bekleyen kitapların aradığı günler, işte bu günler.

Zamanı bu anlamda değerlendiriyorum denilebilir tabi ama benim farklı mutluluklarım da var.

Soba mesela... Evet, kış geldi. Kar yağdı, hava buz gibi ama evde soba yanmadıkça ellerim borunun etrafında ısınırken paçalarım tüte tüte kurumadıkça parmaklarım sıcak soğuk derken kaşınmaya başlamadıkça sobanın karnı kızıl bir alev topuna döndüğü zamanlarda sıcaktan bunalıp evin kapısını hafif aralık açmadıkça tam olmuyor. Eksik kalıyor o kış. Ne üzerinde kestane istiyorum ne içinde pişen ekmek. Gözüm fazlasında değil. Olması gerekende. Çünkü paçalarım sobada kurumayınca, içeriyi dolduran duman gözlerimi burnumu yakmayınca bu mevsimin ne anlamı kalıyor.

Ne mutlu ki bunu da çözdük. Bir sobayla... Keşke fotoğrafını buraya yapıştırabilsem... Şu an o sobanın hemen yanındayım. Önümde, kırmızı desenli plastik çay tabağının içinde duran sıcacık çayım... Islak paçalarım sobayı gördüğünden beri tütüyor. Ellerimi tutuyorum, avuçlarımın içi ısınıyor. Sonra hemen çayımdan bir yudum alıp hazır ellerim ısınmışken iki satır daha ekliyorum Kahveci Hüseyin'den aldığım yazbozun altına.

Evet, burası Hüseyin'in kahvesi. Buradaki yegâne uğrak yerim. Okey taşlarının tıkırtısı, televizyonun sesi, sağa sola çekilen sandalyelerin sürüklenirken çıkardığı gıcırtı... Yükselen, televizyonun önünü ve her yeri kapatan bir duman, sobanın üzerinde fokurdayan kapaksız bir güğüm... Bu güğümleri kapaklı görsek daha çok şaşırırız herhalde. Üstünde içindeki su kaynadıkça savrulan bir buhar... Soba ayrı ısıtır, güğümden savrulan o buhar ayrı. Bunlar ayrılmaz iki parçadır, etle tırnak gibi. Sobayla güğüm. O yüzden olacak Kahveci Hüseyin sobayı kuracağı zaman önce güğümü getirip koymuştu kahvenin ortasına. Soba bile yokken o vardı. O var diye soba var belki de.

Şu an o bilmiyor bu sobanın nice duygulara kaynaklık ettiğini. Nelere vesile olduğundan habersiz... Arada iki odun getirip atıyor içine, etrafındakilere çay verip gidiyor.

Elektrikler yok, zaten olsa sobayı yakma zahmeti yerine fişi takıp ısıtıveriyor kahveyi. Dumanla, külle, bir anda yanıp bir anda sönen ayarsız dökme demirle uğraşmak istemiyor. Pek odunu da yok zaten. Sanırım o da hazırlıksız yakalanmış kışa. Bu yüzden mümkün olduğunca az yakıyor. İyi ki elektrikler gidiyor diyorum öyle zamanlarda. Yoksa kahveci Hüseyin hem benim kalemime hem okurun hevesine hem kahvesinin tasvirine engel olacak. Ah Kahveci Hüseyin biraz daha yaksaydın daha neler yazılırdı bu sobanın başında. Yakamadın.

Etrafımda insanlar Kürtçe bir şeyler konuşuyor. Bilmediğim dilde bilmediğim sözcüklerle kurulan uzun uzun cümleler birbirini izliyor. Bazen bazı kelimeleri seçiyorum, bazılarını hareketlerinden yorumluyorum ama genelini anlayamıyorum. Ancak bu durum yılların getirdiği alışmışlık hissiyle bana normal geliyor. Bir zamanlar Arapça, şimdilerde Kürtçe bazen Süryanice... Sanki anlamıyor olmam gerekiyor ben de anlamıyorum gibi.

Geneli buralı olan, bana kendimi buralı hissettiren insanlar.

Bu kahveye soba kurmasalar yine gitmiş olmak gerekirdi. Ama soba da varken bu kışı kaçırmak olmazdı.

Gerçi uzun sürmeyecek biliyorum. Yakında hava yumuşayacak. Belki yağmur da yağar. O zaman kar boşlayacak, bastığımız yer su olup akacak, eriyecek. Her adımımızda ayaklarımızın altından gelen seslere, saçaklardan süzülüp gelen damlalar eşlik edecek. Bu sessizlik, bu beyazlık, bu masumiyet Cudi'nin Gabar'ın tepelerinden, yüksek yaylalardan, sarp kayaların aralarından yol bulup koşacak, dolacak Dicle'ye. Yeniden dirilecek, şahlanacak. Masum sessizliğinin yerini alan kudretli bir gürültü eşliğinde Mezopotamya'yı baştanbaşa dolaşacak. Bu sırada paçalarımız her zamankinden daha fazla ıslanacak. Kartopları ağırlaşacak. Kaymaya çalışan çocukların üstlerine oturdukları muşambalar, karın altından çıkan bir taşa takılıp yırtılacak.

Ama yine de "Olsun!" diyeceğim.

İyi ki gitmemişim...

MEVSİMLİK İŞÇİLER

Sonbaharla birlikte dökülen yapraklar, serinleyen hava, sürüler halinde uçmaya başlayan kuşlar... Tabiat, yeniden dirileceği vakte kadar dinlenmeye çekiliyor. Kimisi kış uykusuna kimisi yaşam mücadelesine başlıyor canlıların. Toprak uyuyor; su uyuyor; dallar, ağaçlar birer kuru iskelet. Bir tek rüzgâr var alabildiğine canlı. Her geçen gün daha hırçın daha keskin çok daha iştahlı... Estikçe güçlenecek, belli. Soğuyacak.

Birçoklarının köşesine çekildiği bu mevsim birçoklarının yuvasından kovulacağı günlere, vefasızlıklara gebe...

Koskoca bir yaz mevsimi boyunca her işte kullanılan eşekler yavaş yavaş sokak aralarında görünmeye başladı. Hasat zamanı insanlar tarafından sahiplenilen ve aylar boyu sırtlarından yük eksik olmayan zavallı hayvanlar, tam da olmaması gereken zamanda kapı dışarı ediliveriyor.

Bir süre sonra adım attığımız yer eşeklerle doluyor. Yiyecek hiçbir şey kalmadığı için çöp kutularının başında akşamlara kadar bekliyorlar. Ne garip değil mi? Genelde kedi köpekleri doyuran bu çöp tenekeleri şimdilerde eşeklerin de meskeni.

İçinde ne olduğu belli olmayan poşetleri ısırıp dışarı çıkartıyorlar. Dağıtıyorlar her yere. Yiyecek arıyorlar. Kim bilir kaçının ağzı; kırık bardaklar, sapsız bıçaklar, kör permatikler yüzünden kesiliyor. Acaba kaç lokma kana bulanıyor, kaç damak yırtık, kaç dil yaralı ama sessiz kalıyor. Kim bilir, ne acılar çıkıyor o poşetlerin içinden!

Aynı poşetin peşinde bir köpek, bir eşek, bir de kedi düşünün. Atılan her torbanın nice vicdanı da çöpe taşıdığından habersiz... Parçalıyorlar pis kokulu ah'ları, etrafa insanlığın ortak günahları saçılıyor.

Bu yazıyı yazalı neredeyse dört ay oldu. Çetin geçen, nice savaşlara şahit dört koca ay. Tüm tabiatla birlikte insanlığın da öldüğü bir mevsim... Artık şubatın sonlarındayız. Bu süre boyunca bir mücadeleye şahit olduk. Yıllardır olmadığı kadar çok yağan, kar bu mevsimlik işçilere neler neler yaşattı bilemezsiniz. Bir yerlerde insanlar dağlara yaylalara çıkıp yem yiyecek bırakırken, bizim ağzımızın içindeki hayvanlar açlıktan kırıldı. Her gün televizyonlarda kurtları, kuşları, ceylanları doyuran, halifeye mirasçı onlarcasını izlerken; kardan derileri donmuş halde birbirine sokulan hayvanları görmezden geldik.

"Dağlara buğdaylar serpin. 'Müslüman ülkede kuşlar aç' demesinler." Diyen Hz. Ömer anlayışından ne ara bu kadar uzaklaştık. Nasıl oldu da elimizin altındaki hayvanların bu çilelerine göz yumduk, anlamak mümkün değil. Acaba kaçı

soğukta hastalandı, kaçı açlıktan öldü, kaç tanesi sağ kaldı...
Tasaya gerek mi var, yazın hasat zamanı öğreniriz nasılsa!

YAĞMUR

Yağmur yağacağı zaman farklı bir kokusu olur havanın. Gökyüzünün griliği, kapanan pencereler, telaş içinde koşuşturan kalabalık bir insan yığını... Bunların ortasında da havanın dengesizliği yüzünden ceketini almayı kendine zûl bilmiş bir üniversiteli kız...

Tezgâhını toplamaya çalışan bir seyyar satıcı, at arabasına binip "Bunun da zevki başka oluyor, o demir yığınlarına bir türlü alışamadım" diyen tacir...

Yaz geldi diye meydana çıkan ama yağmurun haberini bulutlardan alalıdan beri huzursuz olan ince sinekler, hiç durmadan çalışan karıncalar ve balkondaki çamaşırlar ıslanacak telaşı saran bir kadının ürküttüğü iki yaban güvercini...

Uçup geldiler penceremin mermerine. Onlara mahsus bir sessizlik kapladı odamın içini... Onlar gitmesinler diye geliveren çocukça bir özen, mağrur bir ev sahipliği...

Sehpaya döndüm sonra.

Yavaşça demliği kaldırdım...

Ne olduysa o an oldu.

Bardağıma dökülen yağmurdu sanki dışarıda yağansa çay... Yükseldi sonra yağmurun buharı bardağımdan. Henüz damlalarla şereflenememiş her zerresinde buğulu bir beklenti oluştu bardağın.

Dam dam dam...

Bu şeyin ismine çoğu yerde "rahmet" derlerdi. Rahmet gelmiş bardağıma dolmuştu öyle mi? Sonra aldım ince belli bardağımı elime – ince belli bardakta içilen çayın tadı başka olur - toprağın güzel kokusu savruldu.

Öyle ya yağmur yağar da toprak kokmaz mı? Bu kokuyla beraber bir yudum aldım bardağımdan ve bir ürperme. Bir yudum daha derken diken diken olan tüyler, serin bir rüzgâr, bir yudum ve bir yudum daha... Islanmış saçlar, alnımın ortasından süzülüp gelerek burnuma, oradan çeneme tişörtüme yol bulup akan yağmur damlaları... Üstüme yapışmış bir tişört ve ıslandıkça ağırlaşan bir pantolon...

İçeriye baktım birden. Sehpada buharı tüten bir çaydanlık, önünde doldurulmayı bekleyen ince belli bir bardak – ince belli bardakta içilen çayın tadı başka olurmuş- güzel kokan toprak, kokmayan asfalt...

Gökkuşağıyla beraber açılan pencereler, yeniden sokaklarda görünmeye başlayan insanlar. Kurulan tezgâhlar, ıslanmış olan ince giyimli güzel kızlar, serilen çamaşırlar, sinekler, karıncalar...

Ve penceremin ıslanmış olan mermeri. Bomboş...

NEYSE Kİ

Mayısın sonlarındayız. Mevsim etiketinin kolay kolay oturtulamadığı, güneşin ve havanın durumuna göre bazen bahar bazen yaz olarak nitelendirdiğimiz arafta kalmış günlerde... Sivrisineklerin bile çıkıp çıkmamakta kararsız kaldığı, bir gün sabaha kadar rahat bırakmayıp uykuyu zehir ederken, diğer gün ortalıklarda görünmedikleri müşterek mevsimlerde.

Bana göre hiçbir belirsizlik yok. Ben, bugünün ilkbahara dâhil edilmesi gerektiğine çoktan karar verdim. Gece boyunca ne sinekler rahatsız etti ne de sıcaktan şikâyetçi oldum. Hafif bir serinlik bile vardı. Üstümde ince bir çarşafla rahat rahat uyudum.

Uyandığımdaysa yine aynı telaş, aynı manzara, aynı ses... Güzel ötüşleriyle ve seslerindeki huzurla bildiğimiz bu kuşlar aslında bildiğimizden çok daha fazlası. Bunlar birer mühendis... Sabahtan akşama kadar durmadan çalışıyorlar. Ağızlarında taşıdıkları çamurlarla koca binanın çatısını kaç kez turladıkları, kaç kuş yuvası çemberi oluşturdukları belli değil. Evet evet, hakikaten bugün bahar.

Balkona çıktığımda hafif ılık bir esinti tenimi okşadı. Lojmanın karşısından dağlara doğru uzanıp giden boş arazi yavaş yavaş sarıya doğru dönmeye başlamış. Yeşilin ve sarının tonları her tarafa hâkim. Eğer oradaki renk tamamen sarı olsaydı kimseyi bugünün bahar olduğuna ikna edemezdim. Neyse ki yeniden doğuşun mevsimi bahar, son zamanlarında bile kendine özgü nice güzellikleri hâlâ muhafaza edebiliyor.

Domates, peynir ve zeytin üçlüsüne sıcacık çayı ekleyip küçük bir kahvaltı yaptıktan sonra balkonda biraz daha oyalandım. Kuşların örnek alınası çalışkanlıklarını tembelliğime eşlik eden müthiş bir uyuşukluk içinde seyrettim. O sırada kendimden geçmişim.

Kaç saat geçti bilmiyorum. Ancak kafası, sahibinin ayaklarının arasına kıstırılmış bir keçinin kıl kesimi yapılırken çıkardığı o tuhaf sesle tekrar kendime geldim. Bu, bana kör makasla tıraş edilmeye çalışılan bir oğlan çocuğunun kesilemeyip kopan her saç telinde ettiği feryadı hatırlattı. Belli ki bu keçi de berberinden pek memnun değil. Ama olsun, bu bile hala baharda olduğumuzun açık bir ispatı. Evet, hakikaten bugün bahar...

Beklenilen şey oldu ve bu hareket, bu canlılık, bu tazelik beni en sonunda içine çekmeyi başardı. Evden çıktım. Biraz yürüdüm biraz da koştum. Ta ki geçen yıl kırdığım sol ayak bileğim sızlamaya başlayıp küçük küçük sinyaller vererek beni durmaya mecbur edene kadar.

Durunca, etrafa şöyle bir göz gezdirdim. Burası adeta seçilmiş kutsal bir yerdi. Yeşilin bitip sarının ya da sarının bitip yeşilin başladığı o sıfır noktası burasıydı. Kaldırım taşı döşenmiş dar bir yolun en başındaydım. Burayı araç girişine kapatmak için yerleştirilmiş büyük bir taş buldum ve yeşil tarafında olmaya özen göstererek oturdum. Çünkü bugün bahar...

Kafamı kaldırıp baktığımda gördüğüm manzara tüm bu işleri yaparken ne kadar çok zaman geçtiğini anlamamı sağlasa da ilk bakışta beni biraz şaşırttı. Önümde dar bir yol uzanıyordu. Bu yol her ne kadar taş döşeli olsa da taşların aralarından çıkan otlar buraya toprak bir patika havası veriyordu. Nitekim bazı yerlerde birbirine geçirilen o taşlar sökülüp dağıtılarak bayındırlık harikası bu yol eski haline döndürülmüştü. Yolun iki tarafında iki ev vardı. Birbirine karşı kurulmuş geniş bahçeli iki beton ev...

Oturduğum yerden taş atsam ikisinin de camını kırabilecek kadar yakındaydım. Birinin balkonunda birileri çayını karıştırıyordu. Ben, bardağın şıngırtısını duyacak kadar yakındım. Her darbede şeker dağılıyor ses azalıyordu. Diğerinin çatısında halı asmaya çalışan kadınlar üstleri başları ıslak dolaşıp duruyor, ıslak terliklerinden çıkan gıcırtılar oturduğum bu kutsal taşın üstünde bile beni bulup rahatsız etmeyi başarıyordu. Demek gerçekten yakındım.

Birinin etrafı, yolun hemen kenarından başlayan briket duvarla çevrilmişti. Bana bakan tarafında ise sürgülü, paslanmış demir bir kapı vardı. Birilerinin ben oradayken o kapıyı sürükleme ihtimali bile kulaklarımda o müthiş sürtünme sesini duymama yetti. Bunun düşüncesinden bile irkilerek diğer eve döndüm.

Bunun etrafında duvar falan yoktu. Eskimiş bir çitle çevrilmişti ve diğerine göre çok daha ferah bir havası vardı. Yer yer kırılıp dökülmüş olan bazı tahtalar yüzünden çitin çeşitli yerlerinde açılan boşluklar, tavuk ve keçiler için cazip birer geçit görevi görüyordu.

Yan yana, karşı karşıya olan bu evlerin aslında birbirinden ne kadar da farklı ve uzak olduklarını fark ettim. Yolu sınır yaparak kopmuşlardı birbirlerinden.

Kafamı kaldırdığımda ise beni şaşırttığını söylediğim o manzarayı gördüm. Yolu sınır belirleyen belli ki sadece insanlar değildi. Gökyüzündeki yerinden her an biraz daha aşağıya düşmekte olan bu alev topu da ayırmıştı bu evleri birbirinden. Birisi hala güneşin ışığıyla ısınırken diğeri gölgede ve serindi.

Birbirinden gün ile gece kadar farklı olan iki evin oluşturduğu bu garip akşam manzarasına bakıyordum. Siyahla beyaz, baharla yaz kadar farklı olan bu iki evde gün bitiyordu.

Bu düşünceler içinde tekrar ona döndüm. Gözle görülür bir şekilde alçaldı, karşı tepelerin arkasına inip kayboldu. Geriye, dağların üzerine örtülü olmakla birlikte birileri tarafından her saniye biraz daha çekilip götürülen kızıl bir çarşaf kaldı.

Dünyalar kadar farklı o iki evin ışıkları yandı. Gitme zamanı gelmişti. Eve dönen keçilerin yavrularını aradığını ilan eden meleme sesleri eşliğinde o ince yolda koştum. Her an uzaklaşmakta olan kızıl çarşafa doğru. Neyse ki bugün bahar...

NE YAPAR?

Bir babadan olan, bir anadan doğan, acıkan, susayan, ağlayan, gülen
İnsan yazmaz da ne yapar?
Emekleyen, sürünen, düşe kalka büyüyen, yavaş yavaş yürüyen
İnsan yazmaz da ne yapar?
Gök maviyi, sarıyı, yeşili, kırmızıyı, zoru, kolayı, azı çoğu gören, hem sevip hem sevilen, günden güne dirilen
İnsan yazmaz da ne yapar?
Kış gelince üşüyen, yaz gelince terleyen; ateşin çıtırtısını, suyun şırıltısını, rüzgârın uğultusunu, göğün engin gürültüsünü dinleyen
İnsan yazmaz da ne yapar?
Çalışıp emek veren, kazanırken sevinen, kaybederken üzülen, kollarıyla süzülen, inci gibi dizilen, yalın ayak gezinen
İnsan yazmaz da ne yapar?
Okulunu bitiren, gençliğiyle övünen, kabul gören, reddedilen, gülünen, damla damla hep umuda dökülen
İnsan yazmaz da ne yapar?

Bir ateştir savrulan, her an yanıp kavrulan; Mecnun'dan, Ferhat'tan, Kerem'den kalan
Bir kalp yazmaz da ne yapar?
Titreyen ellerin, çekingen gönüllerin, utangaç gülüşlerin
Sahibi yazmaz da ne yapar?
Kırık hayaller satan, bir işe adım atan, suskunluğu gören, esareti tadan
İnsan yazmaz da ne yapar?
Boynunda kravatı elinde çantasıyla arz-ı endam edenleri, iki kere iki eder üç, sıkıyorsa sor nedenleri, döner koltuğa tamah edenleri
Gören yazmaz da ne yapar?
Adı listeye girenden, hazır yeri sevenden, eteğe yüz sürenden
Kaçan yazmaz da ne yapar?
Her adımı yerilen, düşünmekten yorulan, en sonunda kovulan, bir gün haklı bulunan
İnsan yazmaz da ne yapar?
Ekmeğine yağ sürülenden, açık açık görülenden, semere tamah edilenden
Bıkan yazmaz da ne yapar?
Bir korkudur süregelen, dili hak yolda dönen, zalime karşı gelen
İnsan yazmaz da ne yapar?
Bu bir döngü devam eden, ömür değil tekrar eden, gençliği hep boşa giden
İnsan yazmaz da ne yapar?
Gitti giden kaldı kalan, ölüm ensesinde olan, bir tek yazmakla avunan,
İnsan yazmaz da ne yapar?

Ingram Content Group UK Ltd.
Milton Keynes UK
UKHW010856060623
422954UK00001B/45